放課後ひとり同盟

小嶋陽太郎

集英社文庫

contents

After-School Alone Club

by

Yotaro Kojima

Originally published 2018 in Japan by Shueisha Inc.
This edition is published 2021 in Japan by Shueisha Inc.
with direct arrangement by Boiled Eggs Ltd.

放課後ひとり同盟

空に飛び蹴り

1

痴漢ですと言おうとした瞬間に電車が停まってドアが開き、どっと人が動き出した。いまさらその波に押し流されるうちに、声をあげるのがおっくうになってしまった。声をあげても、これだけの男がいる中で私のお尻を触った犯人を突き止めるのはたぶん無理だし、もういいや。そう思った。

七時四十二分発の電車はいつもどおり満席で、私はドア付近に立っていた。十分のうちに二回停車した。そのたびに通勤通学の人が乗り込んできた。あっという間に満員電車ができあがった。

もう少しで私の高校の最寄り駅に停まるというときになって、太もものあたりがサワサワした。気のせいかなと思っているうちにそのサワサワはお尻付近まで上ってきた。サワサワの上昇に比例して電車は減速し、停車する寸前になって、初めて痴漢かなと思った。そのさらに三秒後、やっぱりそうだと確信して声をあげようとした瞬間に、完全に停車した。ドアが開いた。

　私と同時に降りて階段を足早に駆け上がっていく男は何人かいた。そのほとんどがサラリーマンだった。太っているのもいるし、やせているのもいるし、はげているのもいるし、黒々しているのもいる。白いシャツの背中に汗染みができている。見ているうちに全員が全員、いかにも痴漢をしそうな後ろ姿に見えてきた。

　痴漢は、自分が痴漢だと特定されないように、停車してドアが開くタイミングを見計らって痴漢をはたらいたに違いない。そうすれば逃げやすいから。

　改札をくぐって階段を下り、学校まで続く道を歩きながらヒットアンドアウェイとひとりごとを言った。前を歩いていた人が振り返り、またすぐに前を向いた。

　時間がたつにつれて、スカート越しに痴漢の指の生温かい感触が妙にリアルに蘇《よみがえ》ってきた。てのひらでお尻を何度かはたいて、その感触を振り払う。

　ホームルームが始まる十分前に教室に入り席に着くと、すぐに原田《はらだ》がやってきた。

「朝からうんこでも踏んだ？」

「は？」

「不機嫌そうじゃん」

　返事しないでいるとしつこくうんこを踏んだのかと聞かれたので、ヒットアンドアウェイでやられたと私は言った。

「林《はやし》、朝からボクシングしたの？」

サッカー部のやつって、たいがい馬鹿だ。

それから原田は私の額を指さした。「それもボクシング？」

祖母に花瓶を投げつけられ額が切れたので絆創膏《ばんそうこう》を貼っていた。転んで顔をぶつけたと説明した。

「ハラダー」とクラスの女子が原田を呼ぶ声がした。「おれって人気者だなあ」と言いながら原田はそちらに行った。


昼休み、コタケさんにヒットアンドアウェイ的痴漢をされたことと、祖母に花瓶を投げつけられたことを話した。

「おばあちゃん、攻撃的だね」とコタケさんは言った。

「……まあ」

「おばあちゃんに花瓶投げられたことはないけど、痴漢なら私もされたことある」

「痴漢て、けっこういるんですね」

「私の場合は林ちゃんのと違ってもっと大胆だった。ガッてお尻つかまれたな」

コタケさんはそう言って私のお尻を思いきりつかんだ。細い指がぐにゃりと肉に食い込む。コタケさんだからいいけど、これがもしも背中に汗染みのできた中年の男だとしたら蹴り殺してやりたい。

「私のときもドアが開く寸前だった」とコタケさんは教えてくれた。

どうやらヒットアンドアウェイは痴漢界でもポピュラーな戦法らしい。

「むかつきますよね、気持ち悪いし」

「極刑に処すべし」と言うコタケさんの唇は十七か十八の小娘のものにしては妙に色っぽい。

コタケさんは去年留年して、二回目の高校二年生をやっている。美人だし、年上だからちょっとみんなに遠慮されている。小竹と書いてコタケと読む名字がかわいいと思う。

「コタケさん」と口にしたくて、私はコタケさんとよく話をする。話してみれば、大人っぽい見た目と違ってそんなにとっつきにくい人でもないということがわかる。

「そうだ林ちゃん、なにか護身術習えば？」

「護身術？」

「そう、合気道とか空手とか柔道とか、あとは……レスリングとか？」

想像してみた。太ももを触られた瞬間に痴漢の手首をつかんでひねり上げ一本背負いで懲らしめる。痴漢は逮捕。翌日の新聞に私の写真が載る。『お手柄女子高生』。

携帯を使って近くの合気道教室や空手教室を調べた。コタケさんも私のとなりで調べていた。その手の教室は思っていたよりもたくさんあった。

「お、ここ毎週水曜だって。今日じゃん。林ちゃん、さっそく覗《のぞ》いてみれば？」

コタケさんの携帯の画面を覗きこむと、学校からそんなに遠くない寺でやっている合気道教室の紹介ページが開かれていた。毎週水曜。月謝・千五百円。「ほらどうよ」とコタケさんは言った。

「……お金かかるんすね」

「そりゃタダじゃないでしょ」

「じゃあだめです。最近うち貧乏なんです」

「貧乏？　それは悲しいな」

「できればタダがいいです」

「タダか……あ」コタケさんは何か思いついたような顔をした。「あの人は？」

「あの人？」

「パルコの屋上の。付き合ってあげるよ」

コタケさんにそそのかされて、私は放課後、パルコの屋上に向かった。

＊

パルコは高校と駅の中間くらいのところにある。

屋上に行くと今日も蹴《け》り男《おとこ》はいた。膝や裾のあたりが破れたジーパンに、白いシャツを着ている。日に焼けて首筋から額まで真っ赤になっている。歳《とし》は四十くらいに見える。

「いますね」と私は言った。

「いるね、蹴ってるね」とコタケさんは答えた。

蹴り男。左脚を軸にして、右脚を空に向かって真っすぐ蹴り上げている。そのときの右脚と左脚の開き具合が、ちょうどコンパスを極限まで広げたくらいの角度だ。『空を蹴る人』という名前の絵があったらたぶんこんな具合だろう。それくらい、蹴り男はきれいに空を蹴っている。

しばらく眺めていると、「あれは達人の蹴りだ」とコタケさんが言った。

「達人？　格闘技とか詳しいんですか？」

「全然。だけどあの迷いのない蹴りはただものじゃなさそうだと前から思ってた」

たしかに蹴り男の蹴りは素人目にも美しい。シュバッという漫画の効果音のようなものが蹴り男の横に見える。分厚い木の板をたやすく割る蹴りだ。

蹴り男は五年ほど前からパルコの屋上で頻繁に目撃されるようになった。いつも屋上に出るドアからいちばん遠い角に立って、空を蹴っているから蹴り男。中高生のあいだでは有名人だ。中三のときに何度か興味本位で見に来たことがある。接触したことはない。

「私あの人に蹴りを習うんですか？……ちょっといやだな」

「貧乏がわがままを言っちゃだめよ、林ちゃん」

「ていうかコタケさん、ほんとは私の護身術なんかどうでもよくて、蹴り男に興味があるだけですよね」

「ばれたか」とコタケさんは言った。

　私たちは蹴り男に接近した。

「こんにちは」コタケさんがあいさつをした。

　蹴り男は何も答えない。空を蹴っている。

「こんにちは！」コタケさんが、もう一度、さっきより大きな声で言った。

「——いま取り込み中なんだ。少し待って」

　蹴り男は私たちには目もくれず、蹴りを継続しつつやや息を切らしながら言った。かすれ気味の高い声だった。言われたとおり私たちは待った。蹴り男は何度か空を蹴って（暇だったので数えたが、三十六回だった）、止まった。それからこちらを向いてこんにちはと言った。

「こんにちは」コタケさんはにこやかに、もう一度あいさつをした。「何してるんですか？」

「僕が何をしているか？」蹴り男は不満そうな顔をした。「見たらわかるでしょう」

「蹴りの練習？」

「蹴りの練習なわけがないでしょう」蹴り男は信じがたい馬鹿を見るような目で言った。「たしかに僕は蹴っている。だけど蹴り自体が目的で蹴るなんて、そんな馬鹿げたことありますか。勉強することが目的で、君たちは勉強をしない。テストでいい点を取るために勉強する。大学に入るために勉強する。親に怒られないために勉強する。呼吸をするために呼吸はしない。酸素を取り込んで生きるために呼吸をする。そうじゃないですか？」

「はあ」というコタケさんの相づちに込められているのが、感心なのか戸惑いなのか、私にはわからなかった。じゃあ何が目的で蹴っているんですかと彼女は続けて質問した。

「世の中の幸福のためですよ。空を見てください」

促されて私たちは空を見た。

「何が見えます？」

夕焼けが見えた。夕焼け、きれいですね、とコタケさんが言った。

「違いますよ。不幸が落ちてきてるでしょう？」

蹴り男は人差し指で空の、ある一点を指した。それから切れ切れの雲を数えるみたいに、「あそこにもあそこにもあそこにも」と言って次々にいろんなところを指した。コタケさんは蹴り男の人差し指の先を熱心に追っていた。

「ほら、あそこにも、あっちのほうにも——ああ！　まずい！」

蹴り男は急に大きな声を出して、あわてた様子で二回ほど素早く美しく、また空を蹴った。やはりコンパスを極限まで開いたくらいの角度。

「あぶなかった。もう少しで不幸が地上に落ちるところだった」

「……」

「わかりました？　君たちの間抜けな質問に答えているあいだにも、空から不幸は降ってきているんです。いま僕が蹴り上げなかったら、今日、駅前交差点で軽い自転車事故が起きましたよ」

「……」

「不幸は空から降ってくるんです。僕にはそれが見える。不幸は人の上にも降ってくるし、家庭にも降ってくる。町にも降ってくる。いろんな不幸があるんです。僕はそれを蹴って空に戻しているんだ。そうすることによって不幸を避けることができる。――たいへんだ！　また大きいのが！」

蹴り男はまた蹴った。ぴったり五十回蹴って『大きいの』を空に戻したのか、蹴り男はやっと蹴りをやめ、足もとの水筒に手を伸ばした。痛々しいほど赤くなった首筋を、玉みたいな汗が伝っていくのが見えた。日差しが直《じか》に降り注ぐこの屋上で、一日中こんなことをしているのだろうか。

ふいに蹴り男がこちらを見た。コタケさんの横にいる私の存在に、いまやっと気がついたみたいだった。蹴り男はぶしつけに私の目を覗きこんできた。そして言った。

「君、非常にマズイな」

「マズイ？」

「君の頭の上にはとてもたくさんの不幸がある」と蹴り男は言った。「ここしばらく、身の回りでよくないことが起こらないか？　ほうっておくとたいへんなことになる。全部落ちてきて、もっとよくないことが起こる。君自身にも、君の周りにも。そういう人っているんだ。ほら、早く僕みたいに不幸を蹴り上げて空に戻さないと！」

「……」

「──ああ！　ほら、それ、蹴って！」蹴り男は私にぐいっと近寄って、私の頭の五十センチほど上を指さした。「これだよこれ！　蹴らないと明日の朝玄関を出るときに転んで膝に怪我《けが》を──ああっ、あと十秒で君に落ちるっ！」

「……」

「何をやってるんだ！　急がないと、あと五秒だ！」蹴り男の目は赤く充血していた。動かない私のお尻をコタケさんがポンポンと叩《たた》いた。しかたなく私は空に向かって右脚を突き出した。ほとんど地面と水平の角度にしか脚は上がらなかった。だけどとにかく蹴るには蹴った。

蹴り男はふうとおおげさなため息をついた。「……あぶなかった」

あぶないのは蹴り男の頭で、刺激してはいけないたぐいの人であろうことは明白だ。私とコタケさんは蹴り男の話を黙って聞いた。

「君はいまとてもよくないね。よくない時期だ。頭の上に、ものすごい数の不幸が積もっている。もしも何もしなかったら、小さな不幸も大きな不幸も、次々に君に降りかかる。君だけじゃなくて、君の周りにもね。いまの君の蹴りは、角度はなかったが筋はそんなに悪くなかったから、しばらくそれを続けたほうがいい」

天井のあるところはだめ。屋外で、それもできるだけ高いところがいい。自分の頭の真上を蹴るイメージで可能な限り高く、空に向かって足を蹴り出すこと。蹴り男は蹴る場所の条件や蹴り方を細かくレクチャーした。

「それにしてもすごい数だな。君、本当は見えているんじゃないか？」蹴り男は相変わらず充血した目で迫ってきた。

「いや、見えないっすけど」

「こんなにたくさんあるのに」と蹴り男は不満げに言った。「――すでによくないことがいくつか起きているはずだ。もしも僕の言うとおりにしなかったら、君はマズイよ」

非常にマズイ。最後にもう一度そう言って、蹴り男は締めくくった。そしてまた空から降ってくるという不幸を蹴り始めた。

私たちは屋上から階下へ戻った。

「なんか屋上蒸し暑かったね。地下でアイス食べようぜ」とコタケさんが言った。

「食べたいけど、金欠なんでガリガリ君がせいいっぱいですよ、私」

「そういや貧乏なんだっけ」

コタケさんは地下のジェラート屋さんでアイスをおごってくれた。それを食べながら、

「コタケさん、不幸、見えました？」とコタケさんにたずねた。

「いや、ちょっと私には見えなかったな」

「世の中にはいろんな人がいますね」

「うん、いろんな人がいるなあ」コタケさんは真顔でそう言って木のスプーンをかじった。蹴り男に接触できて、とりあえず満足したらしい。

コタケさんと別れて家に帰ると、玄関のドアを開ける前から両親の言い争う声が聞こえてきた。電気をつけっぱなしにしたとかしないとか、そんなことで揉《も》めている。お金がないと心が荒《すさ》むから、どうでもいいことで口論したくなる。二人は言い争いに忙しくて私が帰宅したことにも気づかない。私は自分の部屋に行った。

姿見に顔を映して額の絆創膏をはがす。まだ傷が残っている。祖母に花瓶をぶつけられてできた傷。絆創膏の黄色が肌に移っている。蒸れて柔らかくぐにゃぐにゃした皮膚がイモムシみたいで気持ち悪い。はがした絆創膏を丸めてゴミ箱にほうり込み、新しいのを貼った。

祖母は母の母だ。何かの病気（何の病気か知らないが、年寄りがかかる病気）で二年ほど前に入院し、しばらくして老人ホームに移った。しゃっきりした性格の厳しい人で、お茶や俳句が趣味で、いつも姿勢が正しかった。

祖母は、たまに一緒にご飯を食べると（といっても正月とかお盆とか年に数回程度だ）、箸の持ち方が悪い、姿勢が悪いと私を叱った。私が食後にアイスを食べたいと言ったら、そんな体に悪いものをふだん食べさせているのかと、父と母が怒られた。それ以降、私は祖母の前ではあまりしゃべらなくなった。

祖母が笑っているところはほとんど見たことがなかった。だから会っても嬉《うれ》しいと思ったことはなかった。

祖母は十年も前に祖父に先立たれてから長いことひとり暮らしをしていた。私が中三のころに急に体調を崩し、入院することになった。私は、あるとき見舞いに行った。孫の義務感みたいなもので。驚いたことに祖母はたいそう喜んだ。見たことのない柔和な笑顔まで見せた。箸の持ち方で厳しく怒った祖母とは別人のようだった。体が弱ると人格も変わるものなのだろうか。

祖母は入院してから急に優しく、そしてしおらしくなった。そんな祖母を見て、私は不覚にも同情心のようなものを抱いた。

おばあちゃん元気？　来てくれてありがとうね。今日はいい天気だね。本当だね。

そういう決まりきった会話をするために私は何度も見舞いに行った。三十分ほど話し相手をして帰ってくると、とてもいいことをしたような気分になった。祖母が病気になって初めて、本来築くべき、温かみのある関係を築けた気がした。ほとんど毎週、私は祖母のもとに通った。

一年ほどたったころから祖母の様子が変わり始めた。その頃には祖母は病院から老人ホームに移っていた。

まず祖母は私の名前を忘れた。徐々に話がかみ合わないことが多くなり、ついには私が見舞いに行くと癇癪《かんしゃく》を起こすようになった。父や母のことも誰だかわかっていないようだった。しかし彼らが訪ねても不機嫌になることはあっても怒ることはなかった。誰と勘違いしているのか、私の顔を見るとそういう仕掛けを施された機械のように瞬間的に眉がつり上がり、喉の奥から絞り出すような金切り声を出して暴れた。

そのうちに寝たきりになりますと医者に言われていたのにもかかわらず、祖母にはまったく寝たきりになる気配はなかった。言動がおかしくなり始めたのと同時になぜか体のほうは元気になり、私に向かって手近なあらゆるものを投げつけるようになった。昼のご飯どきに行って、昼食の味噌汁《みそしる》を投げつけられたこともあった。床に崩れて散らばったぬるい豆腐を老人ホームの職員と一緒に片づけた。白い残骸に涙がこぼれた。

「また来たのかおまえは！」──認知症になってからの祖母が私を見て言う第一声がそれだ

った。

それでも最初のうちは根気強く祖母のもとに通った。もしかしたらいつか私のことを思い出すかもしれないと思っていた。思い出さなくても、癇癪を起こすのだけでもやめてくれればと思っていた。祖母の症状は、私の願いに反してますますひどくなるばかりだった。私は、ここのところしばらく祖母のもとに通うのをやめていた。

そして昨日、二か月ぶりの面会を果たすべく老人ホームへ出かけていった。しばらく間をおいたから、もしかしたら、という期待があった。

「また来たのかおまえは！」私の顔を見るなり祖母の口から出た第一声はやはり変わらなかった。

近づくとテレビのリモコンが飛んできた。続いてペンとノート。私はそれをキャッチした。俳句が趣味だったことだけは忘れていないようで、ノートには三行ずつの区切りで何かが書かれていた。でも読めなかった。達筆すぎるから読めないのか、まともに字が書けないから読めないのかはわからなかった。

「死んじまえ！」

声がして顔を上げると花瓶が飛んでくるところだった。額に強い衝撃があった。花瓶の割れる音がした。スリッパを履いた足にひやりと冷たいものが触れた。足もとに小さな水たまりができていた。額に手を当ててみると、指先に血がついた。花瓶の、ふちの欠けた部分が直撃して切れたのだろう。切れた痛みはほとんどなかった。花瓶の直撃による鈍痛が顔全体に広がっていった。

花瓶を投げつけたことで一区切りついたのか、祖母は息を荒くしたまま私のことを睨《にら》んでいた。親の仇《かたき》でも見るような目だった。

十秒ほどして、物音を聞きつけた老人ホームの職員のおばさんがやってきた。額から細く血を流す私と割れた花瓶を見比べ、……まあ、と言った。死んじまえ！　祖母のヒステリックな金切り声がまた聞こえた。てめえがくたばれくそばばあ！　祖母のと同じくらいヒステリックな声が直後に続いた。

職員のおばさんが口をあんぐりと開けたまま私を見た。とりあえず外に出ましょうかと言われた。

私は、すみませんと謝った。でも何に対する謝罪なのか自分でもわからなかった。祖母が花瓶やいろいろを投げたことについてか、それとも年寄りにくたばれと言ったことについてか。

職員のおばさんは「……いえ」と言って首を振り、ポケットから絆創膏を取り出して私に手渡した。それから祖母の部屋へ戻っていった。

水に濡《ぬ》れて不快な靴下を脱いで鞄《かばん》に放り込み、裸足《はだし》のまま靴を履いて家に帰った。

新しく貼った絆創膏の上から傷を撫《な》でながら祖母の金切り声を思い出して、お腹の下が熱くなった。もう見舞いに行くつもりはない。無意味に怒りながら勝手にくたばればいい。

一階に下りていくと、まだ口論は続いていた。

最近家の中の空気が悪いことも、祖母が入院して、その後老人ホームに移ったことと無関係ではない。祖母の一連のことにお金がかかり、にわかにうちの経済が圧迫され出した。同時に父の帰宅が妙に早くなった。おかしいなと思っていると、給料が大幅に減ったと打ち明けられた。ここ数か月、父は私より早く、五時に帰ってくることもあった。リストラされなかっただけマシだなどと父は言っていた。父の会社が非常によくない状態だということはわかった。だからいま、うちはとても貧乏だ。月謝・千五百円の合気道教室にも通えないくらい。コタケさんにおごってもらわないと、ジェラート屋さんでアイスも食べられないくらい。両親は、連日車を売るか売らないかで揉めている。

二人が何か言い合っている横を無言で通り、冷蔵庫から麦茶を出してコップに注いだ。それを持って自分の部屋に戻ろうとすると、父に声をかけられた。

「帰ってきてたのか」

「さっき」

「ただいまくらい言いなさい」と母が言った。

こんな年寄りみたいな顔してたっけ。

返事をせずに私は二階に上がった。

2

朝、家から駅へ行くまでの道で猫の死骸を見た。車に轢《ひ》かれて死んだ猫。種類によらず、生き物が死んでいる姿は総じて気持ちが悪い。あまり見たいものではない。いつもは発見したら上を向いて歩くようにしている。しかしこのときは薄っぺらいぼろ布のように引き伸ばされて転がっている猫がなぜか気になった。その死にざまに、じっくり見入ってしまった。

お腹から絡まり合ったミミズみたいな赤黒いいろいろがはみ出して、前足がだらしなく前に伸びきっている。リアルだ。超リアル。本物の猫だから当然だけど。開いたままのどろんとした眼《め》を観察した。一瞬それがこちらを向いたような気がして、慌てて目をそらした。走って駅へ向かい、いつもより一本早い電車に乗った。

「林さん今日も不機嫌そうですねえ。さてはうんこでも踏んだな?」

教室に入ると、また原田がいちばんに話しかけてきた。人間が不機嫌になる理由って、うんこを踏む以外にも数多くある。私は席に着き、鞄から教科書類を取り出して机の引き出しに入れた。

「無視すんなよ。なんか最近いつも不機嫌じゃん。今日とくにひどい顔してんな。具合悪いの？　何か困ってることあったらこの原田君に相談しなさい、パパッと解決してやるよ」

原田の、日に焼けたスポーツマンぽい顔は爽やかで、かつイヤミがなかった。

「お金に困ってるんだけど」

「いくら？　百円とか？　おれも金欠だけどジュースくらいおごってやるよ」原田はスポーツマン的な爽やかさを保ったまま軽い調子で言った。

「おばあちゃんが病気で入院してそのあと老人ホームに入ってしかも認知症になって、そのうえお父さんの給料減ったから困ってるんだけど、お金くれる？」

原田は口を何度かパクパクと動かして言葉にならない声を出した。地上に引っ張り上げられた無力な魚のようだ。

サッカー部で、勉強はいまいちだけど運動はできて、お調子者で、うまい冗談が言えて、でも出しゃばり過ぎない。男子にも女子にも人気がある。今年の頭に同じクラスになってからやたらと私に話しかけてくる。顔が好きだから付き合って、と本気とも冗談ともつかない調子で言ってきた。

「解決できないなら気楽に相談してとか言うな。毎朝話しかけてくんのもやめて。うんことか踏まないいし」

チャイムが鳴った。原田は言葉を取り戻すことなく背中を丸めて自分の席に戻っていった。

「林ちゃん、クールだねえ」

昼休みに、コタケさんにそう言われた。ニヤニヤしていた。

「なにがですか」

「かわいそう。原田君いい人なのに」

「私は原田みたいな明るくて元気でイヤミがなくて軽口が上手に叩けてみんなに人気みたいな器用なやつは好きじゃないんです」

「じゃあ暗くて元気がなくてイヤミで冗談ひとつ言えなくてみんなに嫌われてる不器用な人が好きなの？」

「いや、そうじゃないですけど……」

「ところで林ちゃん、どう？」

「どう？　って、何がっすか」

「不幸、蹴ってる？」コタケさんは紙パックのジュースを飲みながら空を蹴る真似をした。

「蹴ってるわけないじゃないですか」

「知らないよー、不幸が落ちてくるんだぜー。じゃんじゃん落ちてくるよ。『もしも僕の言うとおりにしなかったら、君はマズイよ』」

コタケさんは蹴り男の真似をした。かすれ気味の高い声が、よく似ていた。

「……面白がらないでくださいよ、コタケさん」

ひひひと妖怪みたいな笑い声をコタケさんはあげた。


帰り道、また猫の死骸を見た。

朝見たのと同じ場所にそれは転がっていた。朝の猫と模様が違う。十数メートルほど離れたところから見てもそれはわかった。朝のあいつは片づけられて、その後に新たに、また別の猫が轢かれたみたいだ。同じ日に同じ場所で猫が二匹轢かれて死ぬ確率って、どれくらいだろう。

猫の横を通りたくなかった。でも、この道を通らないとものすごく遠回りになる。猫の死骸ごときで道を変えるのも馬鹿らしい。結局、朝と同じように、死んだ猫が横たわる道を通過することにした。今度は猫が視界に入らないように、わざと上を見て歩いた。首が痛くなるくらい、ほとんど真上を。頭の上には、空と、雲が見えた。

そのまま何歩か歩くうちに、綿菓子を裂いたように細かく白い雲に紛れて、灰色のものがちらりと見えた。大きめの星より少し大きいくらいの、灰色の点。錯覚か？　まばたきをしてもそれは消えなかった。何か見てはいけないものを見たような気がして、視線を下に戻した。猫の死骸と目があった。生命を失って、何も映さないぼんやりと濁った眼。

「不幸が落ちてきてるでしょう？」

猫がしゃべったのか？　いや、違う。

「君の頭の上にはとてもたくさんの不幸がある」

パルコの屋上で聞いた蹴り男の声が、なぜか頭に響いていた。

空には灰色の何かが浮かんでいる。妙なイメージが脳裏にあった。

――いや、ありえない。考えすぎだ、どうかしてる。声に出そうとしたが口が動かない。

イメージが、脳裏で進行する。

不幸が漬物石ほどの物理的な形と重さを持って猫の上に降る。その重みに押しつぶされて、ゆっくりと猫が死んでいく。お腹が裂けて、温かくドロリとした赤黒いものが、柔らかい肉のあいだから押し出されるように流れ出す。口が開き舌が飛び出る。四本の足がピンと伸びたまま痙攣《けいれん》して、やがて動かなくなる。

吐き気がして私は道端にうずくまった。側溝に向けて口を開けた。出てくるのは白く濁った唾液だけだった。

五分ほどその場に手をついたまま息を整えた。立ち上がり、走って家に帰った。空は見ないようにした。口の中で苦い味がしていた。

家に着くと真っ先に冷蔵庫を開け、一リットルの容器から直接麦茶を飲んだ。いくら飲んでも喉の渇きが治まらない。一リットルすべて喉に流し込んだ。母が唖然《あぜん》とした表情で私を見ていた。

「大丈夫？」

「べつに」

声がひどくかすれていた。喉の奥にへばりついた苦い味が消えない。

「すごい汗」

そう言った母の顔は、きのうと同じようにやはりくたびれて見えた。

お風呂に入ってシャワーを浴び歯を磨いた。何度もうがいをした。

自室で寝て起きると外は暗くなっていた。階下でまた口論する声が響いていた。離婚という単語が聞こえた。

そっと玄関から外に出た。動悸《どうき》のする胸を押さえつつ空を見る。夜空と月と少しの星が見えた。雲は夜の色に紛れてほとんど見えなかった。灰色の何かは昼間と変わらずくっきりとそこにあった。

まださっきの気持ち悪さが胸のあたりに残っている。喉の奥に何かが詰まって空気の出入りを妨げている。

ためしに一回だけ空を蹴った。

動悸が治まって、少しだけ、呼吸が落ち着いた。

翌朝、おそるおそる空を見ると、灰色のものは昨日より増えていた。いや、増えたのではなくて、もともとそこにあったものを私が見ることができるようになったのだ、たぶん。

日ごとに私が見ることのできるそれは増えた。大きさはまちまちだった。点に見えるものもあれば月ほどの大きさに見えるものもあった。それらが落ちてきているのかどうかは私にはわからなかった。見てもわからないくらいの速度で、私めがけて少しずつ落下しているのかもしれない。

不幸が見えるようになったことは誰にも言えなかった。コタケさんにも。

もちろん自分の頭を疑わなかったということはない。不幸が見えるなんてありえない。でも、たしかに見えている。

不幸が見え始めて三日目にパルコの屋上に行った。蹴り男は一心不乱に空を蹴っていた。先日コタケさんと一緒に話を聞きに行ったときよりもさらに日に焼けていた。ときおり蹴るのをやめてタオルで汗を拭い、足もとの水筒から、おそらく温《ぬる》くなっているであろう水か何かをごくごく飲んで、蹴り男はまた空を蹴った。六月の終わりから気温がぐっと上がった。晴れた日の日差しも強い。そんな中で、肌を赤くしてわき目もふらず空を蹴り続ける蹴り男を、いまの私は頭のおかしい人だと思えない。

コタケさんとパルコの屋上で、すでによくないことがいくつか起きているはずだ、と蹴り男に言われたときから気にはなっていた。

祖母の病気に父の減給が重なり我が家の経済は逼迫《ひっぱく》し、それを受けて両親の夫婦仲まで悪くなった。離婚という単語が出るくらいに。祖母には花瓶を投げつけられ、電車に乗れば痴漢をされる。蹴り男の言うとおり、不幸が私や私の周辺めがけてゆっくりと落ちてきている。次々に降りかかって、私や私の家族を押しつぶそうとしている。猫をぺちゃんこに押しつぶしたみたいに。私の通学路でうろついていたから、あの二匹はあんなことになった。

天井のない屋外で、できるだけ高いところ。自分の頭の真上を蹴るイメージで可能な限り高く、空に向かって脚を蹴り出す。蹴り男の言っていたことは、すべて覚えていた。学校にいるあいだは二限と三限のあいだの休み時間や昼休みに屋上で、それ以外の時間は、家の近くのセキュリティのない五階建ての古い市営住宅の屋上で空を蹴った。

空に向かって思いきり脚を蹴り上げる。蹴り男と同じように、左脚を軸に、右脚で。最初のうちは地面と水平ほどにしか脚が上がらなかった。筋肉痛もひどかった。しかし一週間ほど続けているうちにコツをつかんできた。二週間たつと、蹴り男ほどではないがなかなかいい角度で空を蹴れるようになってきた。

学校が終わると市営住宅の屋上で七時頃まで空を蹴った。家に帰ってご飯を食べ、また市営住宅の屋上に戻って夜の九時半頃まで蹴る生活が続いた。

あるとき、母に声をかけられた。「あんた毎晩どこに出かけてるの?」

母は私が夕飯のためだけに帰って、食べるとすぐに出かけるのを不審に思っているようだった。

「散歩」と私は言った。

「ちょっと待ちなさい。こんな夜にひとりで出かけたら危ないでしょ」

「家にいるとイライラするから出かけんの」と言って私は家を出た。

空を蹴り始めて三週間ほどたっていた。私の上にある不幸の数が減っているのか増えているのかはわからなかった。私には雲と同じ高さにある不幸しか見えない。この前の会話からすると、蹴り男には不幸が落ちてきている様子も、その種類も見えるみたいだった。蹴り男くらいの蹴りができるようになると、そういうことまでわかるようになるのだろうか。

私にできることは毎日体力の限界まで空を蹴ることだけだった。

＊

「大丈夫？　うんこでも踏んだの？」

原田じゃなくてコタケさんだった。原田君の真似、と彼女は言った。

「林ちゃん、超くたびれきった顔してるね」

そうですか？　と私は言った。近頃私の蹴りは連日夜の十一時過ぎまで及んでいた。

「昼休みいつも走ってどっか行っちゃうし、放課後もすぐ帰っちゃうからつまらん。最近なんか忙しいの？」

「そうっすね、ちょっと、忙しいです」

ふーん、とコタケさんは言った。

屋上でご飯を食べるなんていう漫画みたいなことをしているやつはいないから、昼休みの一時間、私は誰にも邪魔されずに空を蹴ることができる。
一、二、三、四と数えながら連続三十回。少し休んでまた三十回。吹き出る汗を拭ってまた三十回。ももが張って、脚がだんだん上がらなくなってくる。ほとんど真上にある太陽がまぶしくて、目を細めた。腕に目を落とす。蹴り男ほどじゃないけど日に日に赤さを増している。

深呼吸をして、また蹴り始めた。一、二、三、四……。

「……林、何してんの？」

振り返ると原田がいた。私は蹴りを続けた。

「……何してんの」とまた原田は弱々しく言った。

私はやはり原田を無視して蹴りを続けた。

「……パンツ見えてるよ」

「見んなバカ」

「――なあ、林、家がいろいろたいへんなんだろ？　あの、おれ、そんな大金は貸せないけど、話くらいなら……」原田は相変わらず弱々しく何かしゃべっている。お調子者の原田らしくないその遠慮がちなしゃべり方が、なぜか気に障った。

「あんた自分のこと人気者だとか思ってんのかもしれないけどさあ」思ったより大きな声が出た。「みんながあんたのこと好きなわけじゃないから。優しくすれば付き合ってくれんだろうとでも思ってんの？」

「べつに、そんなつもりじゃ」

「じゃあなんなの」

「……いや、おれはただ」

「邪魔だからどっか行って」

原田は哀れっぽい目をして屋上から出ていった。

原田ごときにこんなにイライラするのも、不幸が落ちてきているせいだ。

午後の授業中、ずっと落ち着かなかった。後ろの席の男子に「大丈夫か」と言われた。貧乏ゆすりをしていたみたいだ。教壇には英語教師が立っていて英語で何かしゃべっていた。

脚が痙攣するみたいに小刻みに震えて貧乏ゆすりが止まらない。こんなところで座っていないで、早く帰って蹴りたい。いや、蹴らなきゃ。

五限の英語が終わるなり教室を飛び出して、市営住宅の屋上に向かった。電車に乗っているあいだも貧乏ゆすりは続いた。

屋上に出ると、すぐに蹴りを始めた。時間がたつのを忘れて延々と空を蹴った。途中で、あまりに喉が渇いたせいかめまいがした。水を買うために一度市営住宅の下の自販機まで五階分、階段を駆け下りた。めまいはしても不思議と疲労は感じなかった。自販機前まで来て財布を見て、所持金が百円にも満たないことに気づいた。一度家に帰って麦茶か水を水筒に詰めてこなければ。

走って三分で家に着いて玄関の扉を開けると父と母がいた。離婚寸前の彼らは、いつにもましてひどい顔をしていた。

「さっき病院から電話があったの」と母は言った。

「なに、病院て」しばらくおはようさえ言っていなかったから久しぶりの会話だった。

「おばあちゃん、ここ最近元気がなかったの知ってるでしょう?」と母は言った。私はそんなこと知らない。祖母には花瓶をぶつけられて以来、会っていない。

「今日急に具合が悪くなって病院に運ばれたって。いまから行くわよ。何度も電話したのに出ないから待ってたの」

携帯を見ると何件も着信があった。

「具合悪いって、どれくらい」

「もしかしたら危ないかもしれないって」

私は玄関から出てまた走った。どこ行くんだ！　父の声が聞こえたが、無視した。喉の渇きも忘れていた。

祖母の上に、死という特大の不幸が落ちようとしている。祖母を助けられるのは、たぶん医者じゃなくて私だ。

くたばれと本気で思ったわけじゃない。積極的に生きていてほしいと思ったわけでもないけど。でも最後の言葉が「てめえがくたばれくそばばあ！」で本当に死なれたんじゃや、私だっていやだ。

数時間、もう脚が上がらないというところまで私は空を蹴り続けた。

祖母に落ちかけた不幸を、私はちゃんと蹴り返せただろうか。

市営住宅の屋上の汚い床に足を抱えて数分座り込んだ。足の痺《しび》れが治まるのを待って、家に帰った。

居間の時計を見るとちょうど日付が変わったところで、夜の十二時三分だった。母はまだ起きていた。祖母は助かったのか聞こうとして近寄った私の頬を、母はいきなり打った。

「どこ行ってたの」

「離婚寸前の人に言われたくないよ」

母は、もう一発私の頬を打った。

「おばあちゃんは」とだけ私は聞いた。

一命は取り留めたが、おそらくもう寝たきりだと母は言った。そして二階へ上っていった。

私が空を蹴ったから祖母は一命を取り留めたのだ。母は何もわかっていない。私は、何も間違ったことはしていない。

母に打たれた頬の痛みが強烈で、時間差で涙が出た。

3

「ほんとに効果あるんですよね？」

蹴り男は私の顔を見ると、「ああ、君か」と言った。

「言われたとおりに蹴ってるのに、あんまり変わらないんですけど」

私は蹴り男に、本当に空を蹴ることで不幸を避けることができるのかをたしかめにきていた。

空を蹴り始めてひと月がたったのに、祖母の体もうちの経済事情も、険悪で暗い空気も変わらない。むしろ悪化している。蹴り始めてから、イライラすることも多くなった。

「相変わらず、すごい数の不幸が積もってるな」蹴り男は私の頭の上を見て言った。

「……それって、ほんとなんですか？」

「僕がうそを言ってるっていうのか！」蹴り男は突然大きな声を出した。目が充血していた。「君は本当にちゃんと蹴ったんだろうな！」

昼休みは学校の屋上で、それ以外は家の近くの市営住宅の屋上で蹴っていることを、私は蹴り男に教えた。自分にも不幸が見えるようになったことも。

「そうか、蹴っているんだね」蹴り男はさきほどと打って変わって、安心したようにおおげさなため息をついた。「まったく蹴っていなかったらもっとたいへんなことになっているはずだ。よくなるのはこれからだよ。いいか、根気強く続けなきゃだめだ。絶対に蹴るのをやめちゃだめなんだ」

絶対に、と蹴り男は据わった目で何度も繰り返した。焦点が合っていないように見えた。

「悪いけど今日はもう帰ってくれるかな。僕はいま、いままでいちばん大きな不幸を蹴っている最中なんだ。忙しいんだよ」

「いちばん大きな不幸?」

「明日の日中、この町のどこかに飛行機が墜落する。今夜、僕は夜通し空を蹴ってそれを阻止する。明け方まで蹴り続ければ、ぎりぎり阻止できる」

「明日の日中って何時ですか?」

「そこまではわからない。とにかく明日の日中だ」

「それって、ほんとにほんとなんですよね?」

蹴り男は、すでに蹴りの世界に戻っていた。彼の耳にはもう私の声は届いていないみたいだった。


私はこの日も結局市営住宅の屋上で空を蹴ってから帰宅した。私と父母のあいだに会話はなく、父と母のあいだにも会話はなかった。

翌日、駅から学校へ向かう道でコタケさんと一緒になった。

「よう林ちゃん」

「あ、おはようございます」

「ねえねえ知ってる？　昨日蹴り男、万引きで捕まったんだぜ」

「……なに言ってるんですか」

「いやだからさ、逮捕されたんだって。昨日スーパーで見たんだよ、私」

コタケさんは昨日の学校帰りにスーパーに寄った際、蹴り男を見たと言った。

「人違いじゃないですか」

「いやいや間違えたりしないよ。この前、蹴り男のこと間近で見たし」とコタケさんは言った。「蹴り男、店を出たとたんに店員に声かけられてさ、ちょっとして警察が来て連れていかれたんだよ。なんだろうと思ったからスーパーのおばさんに聞いてみたんだけど、万引きの常習犯らしいよ。このへんの酒屋とかスーパーとかコンビニ界隈《かいわい》では酒を盗むアル中として有名だって。もう何度も捕まってるから、今度は簡単には釈放されないんじゃないかってスーパーのおばさん言ってたぜ」

「それ、何時くらいの話ですか？」

「たしか六時とかだったな」とコタケさんは言った。

昨日私が蹴り男と話してから一時間もたっていない。

「コタケさん、マズイっすよ。避難しましょう」

「え、なんで？　どこに？」

「どこでもいいです、どっか、隣の町とか。この町、危険です」

「林ちゃん顔青いよ、ちょっと保健室で休んだほうがいいぜ」

「そんなこと言ってる場合じゃなくて」

「なんか変だな林ちゃん。大丈夫？」

「すみません、私、今日、学校休みます」

「なに？　さぼんの？　じゃあ私も一緒にさぼろーっと」コタケさんは私についてきた。

蹴り男がもし本当に昨日の夕方から警察に勾留されているとしたら、そのあいだ空を蹴られなかったということになる。とすると、今日飛行機が落ちてくるのを阻止できなかったということになる。どこに落ちるんだろう。蹴り男は、日中には落ちてくると言っていた。

高校から北へ向かって三十分ほど自転車で走ったところにある見晴らしのいい丘へ私たちは行った。ピクニック？　とコタケさんは言った。

私は丘の上で一日中空を見ていた。いろいろな大きさの灰色の点は今日も空に点在していた。午前中だけでもいくつかの飛行機が町の上を飛んだ。そのたびに心臓の鼓動が早くなり、爪がてのひらに食い込むほど手を強く握った。体中から冷や汗が出た。どの飛行機も私たちの町の上を悠々と横切って小さくなり、飛行機雲だけ残してやがて見えなくなった。

コタケさんは大きな木の陰に寝転がって漫画を読んでいた。スカートから細い脚が伸びていた。ときおり笑い声が聞こえてきた。昼頃に一度「なにか食べない？」と聞かれた。大丈夫ですと断った。その後コタケさんは飽きたのかどこかへ行ってしまった。たぶん午後から学校に行くことにしたのだろう。しかし数分するとコンビニの袋を持って、また丘の上に現れた。「林ちゃんのぶんも買ってきたぜ」

私はコタケさんが買ってきたタラコのおにぎりを食べながら空の監視を続けた。

午後になると、コタケさんの笑い声はまったく聞こえなくなった。そのうちに夕方になり、空が徐々に赤みを増して、日が暮れた。

緊張していた体から力が抜けた。私はその場に寝転がった。

「あ、終わった？」とコタケさんが言った。「何してたのか知らないけど」

「……コタケさん、まだいたんすね」

「林ちゃん、ずっと空見て何してたの？　不幸でも探してた？」

「いや……」

眼前にはいつもと変わらない街があった。ぽつぽつと明かりが灯《とも》り始めていた。酒を盗むアル中として有名だって。コタケさんの言葉が思い出された。

私は空を見た。夕暮れから夜に移行する、赤やピンクをまだらに残した薄い紺色をしていた。灰色のものはどこにもなかった。この一か月、ほんの数分前まで、ずっと見えていた。

ていたのに。

「コタケさん」

「どした？」

「私、催眠術とかにかかりやすいタイプかもしれないです」

「ああ、なんか、そんな感じするね」とコタケさんは笑った。


翌朝、台所で朝ご飯を作っていた母に声をかけた。おはよう。母は、朝起きたら娘の性別が変わっていたくらいの驚きをその顔に浮かべた。娘に朝のあいさつをされてそんな顔をするのって、どうかと思う。母はぎこちなくおはようと返した。父も同じだった。

学校に行き、放課後、私は寝たきりになったという祖母をたずねた。祖母は病院で、たしかに寝ていた。鼻から透明の細い管が伸びていた。ベッドの横には心電計があった。死を待つだけの人間の姿、という感じがした。こうなる前に一度くらい会ってやればよかった。最後の言葉が「てめえがくたばれくそばばあ！」は我ながらひどすぎる。しかし祖母の最後に私に言った言葉も「死んじまえ！」だ。私もひどいが祖母もひどい。

「起きろよくそばばあ」私は小さな声でつぶやいた。

祖母の目が前触れもなくパチッと開いた。タイマーで目が開く時間があらかじめ設定されていたみたいに迷いがなかった。

「また来たのかおまえは！」潤いのないカサカサの声だった。でも、その第一声は驚くほど大きかった。くそばばあともう一度言うと、祖母は今度は上半身を起こして「死んじまえ！」と言った。


「てめえがくたばれくそばばあ！」条件反射のように私は言い返していた。

その日以来、祖母はなぜか持ち直し、鼻のチューブは外れ、ふつうにしゃべり、ふつうに物を食べるようになった。医者は奇跡だと言った。私は祖母と喧嘩《けんか》をするために、また週一で見舞いに行くようになった。

祖母は私に対しては相変わらず「また来たのかおまえは！」と「死んじまえ！」と、それに類するひどいことしか言わなかった。たぶん私とやり合っているあいだは死なないだろう。

蹴るのをやめて、その時間を有効活用してみると、あらゆる物事は軒並みいい方向に転がった。ということはなかった。しかし少なくとも悪い方向に転がることはなかった。

この数か月間、口を開けばお金のことやその他のどうでもいいことで口論しかしなかった父と母は、私があいだに入って翌日の天気や英語で赤点を取ったことなど、他愛《たわい》のない話をするうちに徐々に通常の会話を交わすようになった。そしてあるとき、唐突に父が泣き出した。

「二人に迷惑かけてすまない」

「あなたが悪いわけじゃないわ」と母も泣いた。

そういうわけで離婚の危機は免れた。コハカスガイという言葉があるらしいが、単純な人たちだ。

父の給料が増える気配はなかったので貧乏なのは変わらなかった。私は週に三日ほどバイトをして多少なりとも家計を支えることにした。コタケさんとジェラートを食べる費用くらいは自分で捻出したい。

コタケさんは「原田君、最近へこんでるんだよね、なぜだろう。好きな人に冷たくされたりしたのかな」と、ときおり言ってきた。

原田は最近めっきり話しかけてこない。私のことを恐れているようだ。部活のほうでも調子が出なくて顧問に怒られまくっているという情報も入ってきた。

コタケさんのやんわりした圧力に屈して私は原田に謝った。「この前はごめん。なんかイライラしてて、原田に当たった」

「あ、いや……」原田はもじもじしていた。こういうときこそ軽口叩けよ。でもたぶん根が真面目なやつなのだろう。

そんなふうにして数か月が過ぎた。

季節は冬を迎えていた。

私はまた、パルコの屋上にいた。蹴り男もいた。蹴り男は釈放されたらしく、足もとに水筒とタオルを携えて相変わらず空を蹴っていた。ダウンを着ていた。

「こんにちは。久しぶりですね」

「あああ！」私の顔を見るなり、蹴り男は妙な声をあげた。「君、蹴るのをさぼっていたな、すごい数の不幸だ！　蹴らなきゃ、すぐに蹴らなきゃ！」

蹴り男の目はやはり充血して、焦点が合っていなかった。私は蹴り男の足もとにある水筒を手に取った。

「空から不幸なんか落ちてこないよ。あんた、まずお酒をやめないと」

私は水筒のふたを外し、中に入っていた透明の液体をすべて床に流した。嗅ぎなれないアルコールの匂いがコンクリートの地面から立ちのぼり拡散した。蹴り男は呆然《ぼうぜん》として、酒が地面を濡らす様を黙って見ていた。

「世の中そんなに不幸だらけじゃないっすよ。お酒やめて、蹴るのもやめて、ちゃんと生きてればたぶんそれがわかります。よく見てくださいよ。空に不幸なんかないでしょ？」

十二月の空は、いまにも雪が降りだしそうなくらい白かった。

蹴り男は小刻みに震えながら突然頭を抱えてうずくまった。「君に何がわかるんだ……空にはあんなにたくさん不幸があるのに……」

「あんたがなんでそんなふうになったのか知らないけど、ちょっと見ててください」

私は屈伸をして、それから伸脚をした。蹴り男は怯《おび》えたような目で私を見ていた。

「いまから私が不幸を消してあげます。だから、もう蹴るのやめたらいいと思う」

私は全身のばねを使って思いきり飛びあがり、空に向かって見事な飛び蹴りを決めて、蹴り男の目に映る不幸をすべて蹴散らした。

我ながら過去最高の素晴らしい蹴りだった。蹴り男は口を開けたまま、魂が抜けたような呆然とした顔で、着地した私を見つめた。

「じゃあ私、ばあちゃんの見舞いに行くんで。もうここには来ないですけど、がんばってください」

屋内に戻るドアの前で、一度振り返った。

蹴り男は、静かに白一色の空を見上げていた。

私は蹴り男が蹴り男じゃなくなることをちょっとだけ願いながらパルコの屋上に別れを告げた。

怒る泣く笑う女子

1

昇降口の掲示板に張り出されたクラス表に記載された三百余名の名前から自分の名前を探し出し、教室へ向かった。F組。

開けっ放しの出入り口から入ると、何人かの男子に背中に飛びつかれのしかかられている、日焼けした背の高い男子と目が合った。同じクラスかよハラダー、とその男子は言われていた。それで、その人が原田という名前なのだとわかった。

原田は面長の顔をくしゃくしゃにして笑い、おまえらおれと一緒のクラスがそんなにうれしいんかー、と応じていた。新学期早々イジメを目撃しちゃった、と思ったけど、その表情と口調で、仲の良い男子同士のじゃれ合いの行動であることがわかった。

私は原田のくしゃくしゃの顔をなんとなく残像のように頭にとどめながら、自分の出席番号が付箋《ふせん》で貼られた席に座った。廊下側二列目の、前から二番目。振り返って教室を見回すと、顔は見たことがあるけれど名前を知らない人たちが友達同士でかたまってそれぞれ談笑していた。手持無沙汰なので携帯を開いて天気予報を見ながらもう一方の手で髪の毛をもてあそぶ。さらさら。一週間前にコンディショナーを変えた効果が出ている。

やがて新たな担任がやってきて、新クラスメイトたちがぞろぞろと席に着いた。原田は私の左斜め後ろの席だった。原田幹雄《みきお》です、サッカー部です、と自己紹介で彼は言った。

「ハラダ、もしくはミッキーと呼んでください」

「そんなあだ名ねーだろ！」

先ほど原田幹雄に飛びついていた男子の一人がツッコミのようなものを入れた。あ、そうだった。原田幹雄がとぼけた顔で言うと、教室のそこここから笑い声が上がった。彼はやはりくしゃっとした笑顔でお辞儀をし、席に着いた。教室全体に漂っていた新学期特有の緊張がぐっとやわらいだ。たったの十五秒で新たなクラスに好意的に受け入れられた彼に私は感心せざるを得なかった。

自分の番が回ってきて、私は名前だけぼそりと言って座った。パラパラと拍手が聞こえた。

部活をやっていない私にとって、新たなクラスになじむのは難しいことだった。ので、昼休み、私は毎日のようにユメちゃんのところに行って、ユメちゃんと一緒にご飯を食べた。

ユメちゃんの名前は漢字で表記すると夢姫《ゆめ》。

やっべー私の名前めちゃメルヘン。

ユメちゃんは七歳くらいのときにそう思ったらしい。

「本気で改名考えてる」

ユメちゃんは二週間に一回のペースで改名の相談をしてくる。

でも私は名前に夢と姫が入っているなんて最高にドリーミーでプリンセシーでファンタジック、つまり素晴らしい名前だと思うから、改名には反対。「ユ」にアクセントを置いた「ユメ」という響きもよい。ユメちゃん、と口に出したくなる。ユメちゃんと口に出すことによって、口に出している私自身がドリーミー・プリンセシー&ファンタジックな女の子になれるような感じがして、明るい気持ちになる。

とはいってもユメちゃんは夢想家でも姫的でもなくおそろしく現実主義的だし、生まれる性別を間違えたのか、といったふうな男勝りの女子だ。名は体を表さない。

まずスカートのポケットにいろんなお店のクーポン券が入っている。ファミレス、ファストフード、牛丼屋、コンタクトレンズ屋など。立ったり座ったりするたびにそれらがポケットから落ちて拾い上げるその姿が貧乏くさいことこの上ない。

ユメちゃんは外見にも頓着しない。髪型は工夫のないショートカットで、櫛《くし》で髪をとかしたりしない。たいてい髪の毛がもつれてぼさぼさになっている。化粧をする、甘い匂いのするリップクリームを塗る、などもしない。日焼け止めさえも塗らない。でも色白で、肌は子どもみたいにつるんとしてきれい。顔の造形に言及すれば、目はわりと大きくて少しつり気味だ。頬が丸い。口角がちょっとだけ上がっているのもあいまって猫っぽい。ちょっと気をつかえば、普通っぽさのある現実的にかわいい女の子、つまり至極もてるタイプの女子になれるはずだ。が、そのスーパーファンタジックな名前が、自分をかわいく見せようという思考を早い段階でユメちゃんから削《そ》ぎとったらしく、彼女は徹底して無頓着を貫いている。

「女らしくしてもユメヒメが私の上には常に乗っかってんだから、どうやったって名前負けしてると思われるもん」

私は七歳で女らしさを捨てると決めた、とユメちゃんは以前言っていた。自意識過剰と私は思う。

ユメちゃんは自分の名前を口にするとき、訓読みで「ユメヒメ」と言う。その言い方には揶揄《やゆ》するような響きがこもっているので、自分の名前をそんなふうにしか言えないユメちゃんのことを、私は少し、かわいそうに思う。あと、ちょっとだけ腹も立つ。名前が気に入らないなど、私に言わせればたいした問題じゃない。名前くらいでいちいちくさくさすんな、と言ってやりたい。

しかしユメちゃんはユメちゃんで真剣に悩んでいるふうなので、あまり強くは言わないようにしている。悩みというのは個人のものだし、それを他人が完璧に理解できる、ということはありえないから。

「名前って一生背負うもんじゃん。それを自分で選べないってどうなのよ。絶対に間違ってる。十歳になったら自分で名前を付け直せるっていうルールにすべき」

何度も聞かされた話に適当に相づちを打ちつつ私はお弁当を食べた。母親は忙しいから、自分で作ってきたものだ。

卵焼き、ほうれん草の胡麻和《ごまあ》え、きんぴらごぼう、豆腐ハンバーグ、プチトマト。色合いがとても良い。相変わらずお手本みたいな弁当作ってるなミサキは、とユメちゃんは言いながら、スーパーのセールで買い溜めしたというペヤングをズッとすすった。ソースのにおい。彼女のロッカーの中には常に一定数のペヤングが積み重ねられ常備されている。

ユメちゃんの、命名に関する持論展開が終わったところで、気になる人ができたかも、と私は言ってみた。かも、と語尾につけたのは、そのほうが女子らしい恥じらいが出るかなと思ったから。私はユメちゃんと違って女らしさを進んで獲得する努力を厭《いと》わない。というか獲得したい。

「誰？　同じクラスのやつ？」

私は原田幹雄の名前を上げた。あ、そいつ、中学同じだった、とユメちゃんは言った。

「サッカー部のだろ？　あいつのどこがいいの？」

「鼻水ティッシュみたいになるところ」

は？　とユメちゃんは左右の眉毛を非対称に上げ下げした。

原田幹雄の周りにはいつでも人がいる。いつでも人がいて、新学期初日に見たときのように、背中に飛びかかられたり、のしかかられたりしている。背が高くて線が細いわりに後ろから見ると背中や肩が広く、名前のとおり木の幹みたいな感じがあるので（名は体を表す、ときもある）、みな飛びつきたくなるのだろう。クラスの女子も気安い様子で肩を叩いたりして、みな原田幹雄に触れたがる。ハラダハラダと彼の名前を呼びたがる。暇なとき私は原田幹雄を観察しているので、それに気がついた。クラス替えをして三か月たったのに私にはしゃべる相手もいない。常に暇で、原田幹雄を観察してばかりいるので、原田幹雄にはだいぶ詳しい。

原田幹雄は、夜の公園で蛾《が》に群がられる街灯みたいな人だ、と言うと何か違う感じになってしまうな、ともかく光のイメージを体現したような人だ。街灯みたいに人工の光じゃなくて、天然自然の光、太陽みたいな。あっちでハラダー、と呼ばれ、こっちでハラダー、と呼ばれる。ミッキーちょっと来てー。いや、あの自己紹介は忘れてくれよ。原田が自分で言ったんじゃーん、アハハハ。

原田幹雄は、人気者はつらいですなー、と、九十年代の少女漫画に出てくるお調子者でサル顔の、でも密《ひそ》かに女子から人気がある快活な男の子みたいなセリフをごく自然に言って周囲の人間を笑顔にさせる。原田幹雄はいつでも自然だ。振る舞いが、表情が、すべてが。

六月の頭に家庭科の授業で調理実習があり、原田幹雄と同じ班になった。私以外の四人は、普段から言葉を交わし関係性ができあがっている、いわば友達同士であり、四人と私、といった感じが最初からしていた。私はどこに行ってもたいてい私以外と私、という構図になってしまう因果な人間なのでそれには慣れている。だから四人の輪の外から料理をする原田幹雄を観察することを楽しみにしてこの二時間を切り抜けますか、と思っていた。

ところが調理実習が始まってすぐに、原田幹雄は私に声をかけてきた。

「にんじん切れる？」

最初、原田幹雄が私に話しかけたのだとは思わなかった私は、周囲を見て、他の三人が卵を割る、小さじ中さじ大さじで調味料を几帳面《きちようめん》にはかる、ボウルで何かの液体をかき混ぜる、などの作業をしているのを確認してから、あ、これは私に話しかけているのだ、と認識、切れる、と答えた。

「じゃあ頼んだ」

はいこれ、と彼はナチュラルな笑顔で私ににんじんと包丁を手渡した。

にんじんは生でサラダに入れるためのものだったので、あまり大きく切ると食べにくいと思い、繊細な千切りにした。

ふと隣の班を見ると、林という女が私と同じようににんじん切りを任されており、不器用な手つきで危なっかしく太いにんじんを量産していた。

原田幹雄はふらーっと彼女のところへ行って、「うわ、林、へたくそだなー」と言っていた。その声が、いつもよりかたい気がしたのは気のせいか。

うるせえ、と林は言った。わざと乱暴な言い方をして親密さを表現するためにチョイスされたうるせえではなく、文字どおり、うるせえからうるせえと言った、といった感じの邪険なうるせえだった。

原田幹雄はまたふらーっとこちらに戻ってきた。私の手元を見て、

「ミサキ、はやっ」

いつものくしゃっとした笑顔で言った。「おまえ、料理できるんだなー、すげー」

原田幹雄に呼び捨てにされた。しかも、おまえ、と言われた。まるでずっと前から友達だったかのように自然に。今日初めてしゃべったんだけど。

そして話は鼻水ティッシュに戻るが、原田幹雄の笑った顔のくしゃくしゃさといったら、他の人には真似《まね》できない、たとえるのが難しいけど、しいてたとえるなら鼻水をかんだ後のティッシュくらいのくしゃくしゃさなので、このような鼻水ティッシュの顔を

する人には会ったことがない、と私は思ったのだ。

という話をユメちゃんにした。

鼻水て、とユメちゃんは笑った。

「まあ、あいつはたぶん、いいやつだよね」

ユメちゃんのお墨付きを私は得た。

2

三人いる弟は三人とも細っこいのに大食らいで、上から中二、小五、小三。

母親の帰りが遅いから私はこいつらの晩御飯を作ってあげなければならず、だから部活もできない。部活をやっていたら当然部活の仲間というものができるのであって、とすれば私にも自然に友達ができて、クラスでひとりぼっちということにはならないのではないか、と思わないでもないけど、そんなことは考えてもまあしかたがない。三匹のやせた子ブタが腹を空《す》かせて待っているのだから、私は毎日夕方に帰宅して六時には三人にカレーや唐揚げやハンバーグといった育ち盛りが適正に育つための料理を作ってやらねばならない。幸い料理は好きなので苦じゃないしね、と思う。この日はカツ丼を作った。

スーパーで豚ロースを買ってきてスジ切りをし、下味の塩コショウをふる。小麦粉、卵、パン粉の順につけて百七十度の油に入れる。きつね色に揚がったそれを、玉ねぎを出汁《だし》、砂糖、醤油《しょうゆ》、酒、みりんで煮た鍋の中に入れ卵でとじる。どんぶりにご飯を盛り、その上にカツを載せる。

私が手際よく作ったカツ丼を、弟たちは犬みたいな勢いで食べた。いちばん下のが、にいちゃん、おれ、きょう、ろくだんとんだ、と跳び箱で六段飛べたことを嬉しそうに私に報告してきた。すごいじゃんと私は言った。

真ん中のは無言で食べている。うまいものが来ると夢中になって、これうまいよ、と作った人に対する感謝を表すのも忘れてがっつく年代なので、たぶんうまいのだろう。いちばん上の弟は辛いもの好きで、何にでも七味を大量にかける。真っ赤になって、七味の味しかしなくなるくらい。でもめちゃうめえと言いながらかきこむので悪い気はしない。

原田幹雄に作ってあげたら、めちゃうめえと言って食べてくれるだろうか。調理実習で、私の切ったにんじんが入ったサラダをぱくぱくと食べる原田幹雄の顔を思い出す。たぶん、食べてくれるだろう。料理が得意な人は、好きだろうか。

私は三兄弟がカツ丼を高速でかきこみ咀嚼《そしゃく》し嚥下《えんげ》するのを眺めながら、ささみを茹《ゆ》でてさいてレタスとトマトとともに皿に盛り付け、レモン酢と黒コショウをふったものを食べた。女らしさを獲得したいので、夜はたいていこれ。テレビでモデルが言っていたメニューの真似。

母親は珍しく仕事が早く終わったらしく、私たちの夕食中に帰ってきた。

「おかえり」と私は言った。「晩御飯、カツ丼だけど」

母は私を一瞥《いちべつ》し、疲労の滲《にじ》んだ顔をかすかに歪《ゆが》ませた。

「髪、少し切りなさい」

弟たちは、私と母が言葉を交わすときいつもそうするように、居心地が悪そうに尻をもぞもぞさせて、黙ってご飯を口に運んだ。


男に生まれた不幸について考えだすと胸に穴が開いて、そこに冷たい風が吹き込んで、穴のふちがささくれみたいにバサバサになって、体が冷えて、気持ちが暗くなって、かわいくなりたい、とか、私ブスだから、とか言ったり電波に乗せて発信したりしている女をぶっ殺したくなるという衝動が抑えられなくなる。ので、そのことについてひとりのときには考えないようにしている。というか、中学時代にさんざん考え尽くして心が疲れた。

ユメちゃんが、やっべー私の名前めちゃメルヘン、と気づいたのとたぶんときを同じくして、私も、やっべー私の心、女、と気づいた。小二のときだ。

スカートがはきたいのにはかせてもらえないのはなぜか。買い与えられたランドセルが赤じゃなくて黒なのはなぜか。いくつか違和感はあった。それが体と心の性別の不一致から来るものだと認識できたのが七歳。ほかの性同一性障害を持った人と比較したことがないから早いか遅いかはわからない。

それからはしかし、これは周囲に悟られないほうがいいのかもしれない、という社会的な防衛本能が働き、それをひた隠しに生きてきた。ことあるごとにピンクや赤といった色を選びたがる自分に、男の子だから違う色にしなさいと言って青などを提示する母の姿が思い出され、ということは、男である私の中身が女であるということはよくないこと、異常なことであるとみなされるということだ、と子どもながらに感じ取ったのだろう。

オカマとかオネエとかゲイとかホモとか、同性愛者の男を意味する言葉がマイナスの響きを伴って世間で濫用されるのを目の当《ま》たりにするにつけ私は危機感を募らせた。もしや私は世間から気持ち悪がられ、忌避《きひ》され、虐《しいた》げられる存在ではあるまいか。どうにかして正真正銘の男になれないものか。僕は男の子なんだと自分に言い聞かせる日々を過ごした。小学校六年まで。

中一のときに初めて好きな人ができた。西村《にしむら》君といった。思い返すと、原田幹雄みたいにひょろりと背が高くて笑顔がかわいい男の子だった。誰にでも平等に接する明るい男の子。三崎《みさき》ー、といって肩を組まれたりするたびに私は身を固くした。

西村君を好き、と認識した瞬間に長年抑えつけてきた女性《おんなせい》が体の内側から堰《せき》を切ったようにあふれ出して、堤防が決壊して、それまでの自分、女であることを隠さなければいけないと思い男を演じていた自分、がざばーっと押し流され、残ったのは、「自分は女である」という意識だけだった。私は女になることに決めた。と思った瞬間に、見通しのいいまっさらな平原が目の前に広がるような、爽快な感じがした。

まず考えたのは髪を伸ばすこと。それから、脚とか腕にちょびちょび生えていた毛を剃ること。毛を剃るのは簡単だけど、髪の毛を伸ばすのには時間がかかった。一年伸ばして、中二の夏には肩まで伸びた。母親は髪を伸ばし始めて三か月たったころに私の変化に気がついたようだった。髪の毛が長すぎるから切りなさいと言われたのを拒否して妙な顔をされた。一人称をおれから私に変えて、女ものの服をお年玉で買いあさった。歩幅を小さくして、内股で歩いた。

ある日母親が、「これからあなたにとって、私にとって、私たち家族にとって、とても大事な話をします」というニュアンスを滲ませた目で「話があるんだけど」と言った。私は母と差し向かいでダイニングのテーブルに座った。何を考えているの？と母親は言った。女になろうと思ってる、と私は答えた。

母の口から、微妙な笑いの表情とともに出てきた第一声は、

「何を馬鹿なことを言ってるの？」

だった。

その表情からは自分の息子が性同一性障害を持っているなどということはあってはならないことだし、もしそうだとしても受け入れたくない、受け入れるつもりがないという思想が滲み出ていて、私はこの人に理解を求めることの無意味さを悟った。息子が、いや、娘が初めて口にした切実な叫びを、半笑いと「馬鹿なこと」という言葉でごまかそうとしているのだ、この母親は。

それに比べて弟たちの順応力は高かった。私が女になるためにしているひとつひとつの行動に切実なものが含まれているのを、子どもの敏感さで感じ取ってくれたのだろう。それか、母親が味方ではないのを察して、お兄ちゃんの味方は僕たちしかいないんだ、だから僕たちがお兄ちゃんを受け入れなければ、と思ってくれたのか。しかしそんな弟たちが私はかわいそうだった。衝突すらせず、理解を放棄し合った私と母親の冷戦を間近で見続けるのは、小学生には、たぶんつらいことだったのではないか。それでもぐれずにいてくれるのだから、弟たちには感謝していた。

問題は、学校での私の扱いだった。

突然自分を「私」と言い出し、女みたいな動きをして、髪の毛をサラサラにし始めた男を、中学生は徹底的に排除した。もしや私は世間から気持ち悪がられ、忌避され、虐げられる存在ではあるまいか。その懸念は見事なまでに当たった。いや、実際には忌避される、虐げられるというより、おもしろがられたり、退屈な日常に突如起こったイレギュラーな事態として遠巻きに好奇の目を向けられる、といったほうが正しいか。

でも、ひとりだけ以前と変わらず声をかけてくれる人がいた。それが西村君だった。私と会話をするのはタブーという暗黙の了解がクラスに蔓延《まんえん》していたのにもかかわらず、西村君だけが私に話しかけてくれた。彼が私に話しかけることは、なぜか許されていた。十代の社会で作られた理不尽な鉄のルールを破っても咎《とが》められない朗らかさと柔らかさを彼は持っていた。

この人を好きになったことは間違いではなかったのだと私は思った。

それで私は、勘違いをした。

美術の授業で描いていた静物画を所定の位置に片づけるときに、絵をのぞき込まれ、「うわ、三崎うめー。おれの見て。へったくそー」無邪気な笑顔で言われたそのあとの休み時間に心臓がぎゅっとして我慢ができなくなり、西村君を廊下に呼び出した。西村君が好きなんだ、と私は言った。

西村君は困った顔をして、その顔は本当に困った顔で、むしろ迷惑そうな顔で、それで私は絶望して、さらに、「ごめん、おれ、女の子が好きなんだ」という返事を聞いて、固く縮こまっていた心臓が弛緩《しかん》して広がって音もなく破裂した。馬鹿かよ私。当たり前だろ。西村君は男で、男だから女が好きで、私は男で、だから私の好意を同じ種類の好意をもって受け止めてくれることはありえない。なんで告白なんかしたんだろう。

ごめん、おれ、女の子が好きなんだ。

それは当たり前で、同時に、世界で最も私を傷つける言葉だった。

好きな人から好きになってもらうことが、私にはできないのだ、その可能性すらないのだ、という事実を好きな人から突きつけられて、目の前が真っ暗になり、私は、死にたい、と思った。

三年になり、私はアンタッチャブルなオカマの人として確固たる地位を確立し、私を遠巻きにおもしろがっていたクラスメイトは私の存在すらなかったことにするようになり、西村君も声をかけてくれなくなった。軽々しく死にたいとか言っちゃいけないんだと誰かが言ったけど、死にたいもんは死にたい。私は、一生、好きな人から愛されることがない。死ぬのに十分な理由だ。母親は、まるで私がまともな人間じゃないみたいな顔で私を見る。何も悪いことはしていないし誰にも迷惑をかけていないのに、なんで私だけこんな思いをしなければいけないんだろう。さっさと死んで、次の人生で適正な性別と心を手に入れた真人間としてやり直させてくれよ。お願いだから。

十月になり、中学最後の文化祭を控えてざわざわと色めきたつ教室の窓際の席で、ひとり、ノートに死にたい死にたい死にたい死にたいと書いて時間をつぶしていた。西村君は、バスケ部の小柄な女子と何か楽しそうに話をしていた。その対角線上の角でこそこそ話す、篠田《しのだ》と河合《かわい》という女子二人の声が耳に飛び込んできた。

「西村君に告白したいんだけど、私ブスだし絶対ムリだよね」「そんなことないよ、シノちゃん、かわいいじゃん。絶対いけるって」「ムリムリムリ。私デブだから、あと三キロ痩せて、もっとかわいくなってから告白したほうがいいかなって」「西村、小四のとき、ぽっちゃりした子のこと好きだったよ」「だれそれ」「名前忘れちゃった。その子、転校しちゃったし」「えー、じゃあ私いけるかな、いまのままでも。あーでもムリ！勇気ない、絶対ふられる」「大丈夫、シノちゃんならいけるから自信もって。シノちゃんかわいいよ。全然デブじゃないし」「ほんと？　私、かわいいかな。デブじゃないかな」「うん、かわいいし、べつに太ってないよ」「違うんだって、ブスなんだって。お腹とかやばいんだって。ていうか西村君さっきからすごい笑ってるし、絶対三輪《ミワ》ちゃんのこと好きだよ」「もう、めんどくさいな。ちょっとは自信持ちなよ〜」

　腹の下のほうからタールみたいな黒くてドロドロした液体が湧いて沸騰した。気体になって胃から立ち上り喉の奥に張り付いて、ムカムカして、イライラして、体が熱くなって、「あー、もっとかわいく生まれたかった。うちお父さんが不細工だからなー、遺伝子で負けた」という篠田の言葉で私の中の何かがブチンと切れた。

　十秒後、私は篠田の顔を右手でつかんで彼女の後頭部を窓に打ちつけていた。すべすべして女性的な丸みと柔らかさを持った篠田の頬。さらに力を入れて指を食い込ませる。指が滑らかな肌に沈み込んで、肉をはさんで内側にある奥歯のところで止まった。篠田の顔は左右からの圧迫を受けて頬がへこんだぶん唇が突き出て笑える形になっていたが、笑う気分からもっとも遠いところにいた私は笑わなかった。篠田の目には恐怖が浮かんでいた。ぎりぎりと震える私の骨ばった手の甲にはミミズみたいな太い血管が浮き出ていた。

河合がきゃーと甲高い悲鳴を上げた。近くにいた男子が事態に気づき私の肩をつかんで力ずくで篠田から引き離そうとしたが、私は離さなかった。篠田の目を見た。目のふちに涙が浮かんでいる。ふざけんなよおまえ。こっちは男に生まれた時点で西村君に振り向いてもらえないことが決まってんだよ。ブスとかデブとか、そんなのたいした問題じゃねーだろ。生まれた瞬間から、これから好きになるはずの人に恋愛対象として見られないことが決まってる人間の気持ち考えたことあんのかよ。贅沢《ぜいたく》言ってんじゃねえよ。泣いてんじゃねえよ。ブスだろうがデブだろうが、ちゃんと女の体で女の心持って生まれただけで恵まれてると思えクソ女。なんでてめえみたいなのが本物の女で私が本物の女じゃねーんだよ。私だって女になりたかった。私だって女になりたかった。私だって女になりたかった。と、がなり声のような、でもしかし泣き声のような、が頭の中で鳴っていて、しかし口から出るのは押し殺したような荒い息だけだ。教室は大騒ぎで、悲鳴が上がっているんだろうけど、内側の私自身の声にかき消されてそれらは私には一切聞こえない。でも西村君が騒ぎを聞きつけて駆け寄ってきて私の手をつかんで、「おいどうしたんだよ三崎！　離せよ！」と叫んでいる声だけは悲しいことにくっきりと聞こえて、体から一気に力が抜けた。

　篠田の頬には、私の、男の力を持った手によってつけられた指のあとがくっきりと赤く残っていた。その場にしゃがみこんで華奢《きやしや》な肩を震わせ泣きだした。おい篠田、大丈夫か。西村君が声をかけている。篠田は顔を上げずに肩を震わせ泣き続けている。その姿は守られるべき性別としての「女の子」を凝縮したもののように見えた。またタールが湧いて湧いて湧いて沸いた。血圧が上昇して心臓の鼓動が速くなった。

　担任と学年主任が来て、生徒指導室に連れていかれた。三崎、どうしてあんなことをしたんだ？　私は何も答えなかった。篠田の頬をつかんでいるときに頭の中で聞こえていた声をそのまま言えばよかったんだけど言う気力もないし、言ったところで理解されないし、悪いのは百パーセント私だし、つーかもうどうでもいい。

　篠田はあれ以来、男性恐怖症になったと聞いた。男性か、と思った。私は学校で危険なオカマと認定された。教室には通えなくなって、かといって私が不登校になると母親の機嫌が悪くなって（オカマでかつ不登校というのが許せないのだろう）、母親の機嫌が悪くなると私のイライラも募って、すると歳の離れた弟たちが不安そうな顔をするので私は保健室登校をした。

　こういうときに父親がいたりすれば何か違ったのだろうか？　父親は母親が一番下の弟を妊娠中に浮気をして離婚してしまった。そんな男と、そんな男を選ぶ見る目のない母親の子どもだから私は心と体の一致しないいびつな存在として生まれたのか？

　中学卒業までの間に手首にカッターを押し当てた回数は数え切れない。でも皮膚が切れて血が滲んでくると怖くなって力を抜いてしまう自分が馬鹿らしい。躊躇《ちゅうちょ》してんなよ、死んじまえよ。

　私は典型的なつまらないガールズトークをしていただけのクラスメイトにいきなり無言で襲い掛かってトラウマを植えつけて死にたいとか言いながらでも実際には死ぬつもりがない危険なオカマ。みじめだ。やっぱり死んだほうがいいんだ。死ねないからみじめなんだけど。

　事件から卒業までの六か月、学校では誰とも話さなかった。保健室の先生でさえ、腫れ物に触るような慎重さで私に接する。いつ何がきっかけで暴れ出すかわからない、というように。母親の私を見る目は化け物を見る目。弟たちはやはり不安げな顔をしている。心が緩やかに死んでいく。

　季節は流れて、高校に進学した。

　こういうのを無感覚というのか、学ランなのにサラサラの長髪、内股で歩く私は好奇の目をたくさん浴びたが、つらいと思わなかった、いや、思わなくなっていた。慣れてしまえばこんなものだ。毎日、授業だけ受けて、帰って、弟たちの晩御飯を作って一日が終わる。部活をやっていないから友達ができないんじゃなくて、オカマだから友達ができない。欲しいとも思わない。死にたいとか考えるのも面倒だから考えなくなった。しかし積極的に生を楽しめる要素はひとつもない。

そんな生活の中で、ひとつだけ楽しいことを見つけた。ご飯を作ること。時間をつぶすためにたまたまやってみただけだけど、そのときだけ何かに救われているような気がする。弟たちがすごい勢いで私が作ったご飯を食べてくれるからか。こんな私でも、ちゃんと誰かの役に立てているのだと錯覚できるのかもしれない。弟たちのために生きていると思えば、生きていけるかもな、と思う。でも彼らは兄貴がオカマなことでいじめられているんじゃないか？　兄貴がオカマ、は、いじめを受けるのに十分な理由になる。三人はそれを私のために隠しているに違いない。そう思うと、せめて料理だけはちゃんとやらなければと思い、必死で料理を勉強した。にんじんを早くきれいに切れるようになり、カツ丼やハンバーグが作れるようになった。

高一になって二か月、六月の頭に、夢姫という派手な名前の女の子と掃除当番が一緒になった。

私はホウキを使って教室の床を掃いていた。隅まで丁寧に掃いていたら、几帳面だなー、と、その夢姫という女の子に話しかけられた。危険なオカマで周囲を怖がらせて、そのうえ掃除もちゃんとやらないなんて、本格的に生きている価値がなくなってしまうから、免罪符を得るつもりできれいに掃いているだけだ、とは言わなかった。すごく緊張しながら、うん、とだけ言った。たったの二文字なのに、声がかすれてうまく言えなかった。高校生になってから、教師を除いて誰かから話しかけられたのは初めてだと気づいた。掃除なんかみんな適当にやって帰るのに、と彼女は言った。ショートカットの髪の毛はぼさぼさで、けっこうかわいい顔をしていた。

「あのさ、前から気になってたんだけど、なんでそんなに髪長くしてんの？」

あまりにもストレートな質問に私はたじろいだし、好奇とか恐れとか苛立《いらだ》ちを含まないフラットな目にもたじろいだ。たじろぎすぎて、女になりたいから、と答えてしまった。彼女は、へえ、と言って自分の名前の話を始めた。私、夢姫って名前なんだけどさ、この名前ヤバいよね。ユメヒメって。最悪。何考えてんだろ、うちの親。彼女は流れるように自分の名前に対する不満、その名前をつけた親に対する不満をこぼした。聞いていて少し、いやかなり腹が立ち、

「名前なんか性別間違えたのに比べたらたいしたことないじゃん」

と昔からの友達のような口調で言ってしまった、ことに自分で驚いた。

彼女はちょっと眉間にしわをよせ、くちびるをとがらせた。

「そんなの本人にしかわかんないじゃん。失礼なこと言うなバカ」

バカ、などと単純な罵倒をされたのは何年ぶりだろう。いや、それより、こんなふうにして同年代の子と継続的な会話をしたのは何年ぶりだろう。

客観的に見て名前が気に入らないより性別の不一致のほうがつらいに決まってんだろアホかこいつ、という気持ちもあったけど、彼女の率直な物言いに、たしかに比べても意味がないな、と思わされてしまった。なんでだろう、たぶん、あまりに直球だからだ。

女子なのにペヤングをロッカーに積み上げて毎日食べている変な子と、私は友達になった。ユメちゃんと友達になってから、少しだけ生きるのが楽しくなった。なんだ私、死にたいとかなんとか言って、本当はふつうに会話できる誰かを求めてたのか。

二年になってクラスが離れたけど、ユメちゃんに原田幹雄のことを話している間は自分が女になったような錯覚ができるし、この恋が成就《じょうじゅ》しなくても、せめて遠くから眺めて片思いを楽しむくらいのことをする権利は自分にもあるかな、と多少ポジティブになれるので、ユメちゃんには感謝している。

見れば見るほど原田幹雄が好きになる。理由はよくわからない。

調理実習のときの、

「おまえ、料理できるんだなー、すげー」

という、あのくしゃっとした顔と声が、日に何度も頭の中で再生される。

間違っても告白したりして、中学のときみたいにはならない。

3

原田幹雄を観察していて、ひとつ気づいたことがある。

それはどうやら林という女に声をかけるときだけひどく緊張しているということ。

彼女に声をかけるときだけ少し声がかたいし、声をかける前に、よし、いまから声をかけるぞ、と胸のうちで自分を鼓舞するその意気込みが顔に出ている。

表面上は「お調子者の原田君」を忘れないように、おちゃらけた口調で話しかけているが、それはフリで、本当は緊張している。観察し過ぎてそんなことまでわかるようになってしまった。

自分を飾らず天然の明るさで人を惹《ひ》きつける才能を持った原田幹雄が、何ゆえ林に声をかけるときだけ緊張しているのか。

私が林に関して持っている情報はといえば、いつも怠《だる》そうな顔をして、女子とべたべたつるんだりしなくて、さぼりが多くて、あとにんじんを切るのがヘタクソということ。つり目気味。ユメちゃんの猫的なつり目と違って、キツネ的なつり目。せっかく原田幹雄に話しかけられても面倒くさそうに、むしろ迷惑そうに二、三語こたえるだけでまったく嬉しそうではない。でも原田幹雄はめげずに毎日何かしら話しかけている。

「それって、原田、林のこと好きでしょ」

相談するとユメちゃんは私の予想していた、しかし言葉にしてほしくはなかったことを言った。

「林って、男に好かれる要素ないよ」

林には女性的な愛嬌《あいきょう》がない。女であるということ以外に、何か、男の子に好かれるポイントがあるのだろうか。

「いや、三崎から見てそうだったとしても、それは当人にしかわからないから。タデ食う虫も好き好きって言うし。ていうか私、去年何度か体育で林と一緒になったことあるから知ってるけど、林のこと好きになる男の気持ちなんとなくわかるし。ああいう孤高の女みたいなのって、私が男だったら気になると思う」

私はいったん観察対象を原田幹雄からタデもとい林に移行することにした。

もとの顔つきが快活の反対、つまり怠そうなのに加えて、近頃、林はどこかイラついているようだ。そのうえ思いつめているふうでもある。すると、ユメちゃんの言っていた孤高の女であるところの林はアンニュイな雰囲気に加えて謎の切迫感まで漂わせているということになって、それはますます原田幹雄にとって魅力的に見えるのではないか。ふざけんな。なにひとり窓際の席でぼーっとしてんだ。しかもスカートから伸びる太ももが私の理想とする細さと白さを兼ね備えていて、ますます苛立ちが募る。私は、どんなに努力をしてもあの太ももを手に入れることができない。

林が前触れなく首を振って、こちらを見た。私は目をそらそうと思ったが、そうすると林を凝視していたことがばれるし際立つ。じっと目を見返した。林は怠そうな目に不審の色を浮かべて、それから首をもとの向きに戻した、ところへ原田幹雄がやってきて林に話しかけた。何か困ったことがあるなら相談しろよ、おれが解決してやるから、といった意味のことをいつもの緊張を隠すための軽々しい口調で彼は言った。私と二人の間にはある程度距離があったし、他のクラスメイトの声もしていたが、私は原田幹雄の声を聞くことに関しては誰よりも長《た》けているので聞き取ることができた。

振り返って原田幹雄を見上げる林は相手を凍らせるような目で、父親の減給や祖母の入院等で家計が火の車だから金を貸せといったようなことを言った。林の、女にしては低めの声もなぜか明瞭に耳に飛び込んでくる。原田幹雄は黙り込んでしまい、そんな原田幹雄に林はさらに「解決できないなら気楽に相談してとか言うな」と追い打ちをかけた。林の家は貧乏なのか？　しかし原田幹雄の厚意をああいう言い方で無下にするって、なんなんだあいつ。原田幹雄は、あんなタデのどこがいいんだろう。

数日、林を観察する日々が続いた。

ある昼休み、林を見ていると、最近林ちゃん、機嫌悪いんだよねー、とのんきな声が聞こえた。

「あ、コタケさん」

コタケさんは一年留年して、二回目の二年生をやっている。私というクラスで浮きまくりの男にも「ハロー三崎ちゃーん」などとどこかずれた挨拶をしてくる。そんなコタケさんは、私が見る限り林が唯一仲よさそうにしているクラスメイトだ。

「最近機嫌悪いって、あの人、なんかあったんですか？」

「うん。最近、林ちゃん、フコウケリで忙しいからねえ」

コタケさんの口から聞いたことのない言葉が飛び出したのでポカンとしていると、不幸を蹴ってるんだよ、とコタケさんは言った。フコウケリ。不幸、蹴り？

しかし脳内で漢字変換に成功してもなお意味がわからない。むしろもっとわからなくなった。

「なんですか、それ」

コタケさんは紙パックの牛乳をずるるーと音を立てて飲み干し、教室の隅にあるゴミ箱に投げた。けっこうな距離があったのに、それは吸い込まれるようにゴミ箱に落下した。それから、蹴り男がさ、と言った。

「パルコあるでしょ。あそこの屋上に蹴り男が出るの。で、蹴り男に『君の頭の上には不幸がある。だから蹴って空に返しなさい』って言われて、それで毎日空蹴ってるの。

休み時間とか、放課後とか」

さらに意味がわからなくなった。コタケさんが説明をすればするほど、意味がわからなくなっていく。言っている意味はわかるけど、しかし意味がわからないとはこれいかに。それより、だ。林、アンニュイでクールな女っぽいのに、バカなのか？　不幸を蹴る？　林という女のことが、よくわからなくなった。

「原田君いい人なのに林ちゃんいつも冷たくしてひどいよね」

「……まあ」

「そういえば原田君に告白されたことあるって、林ちゃん、言ってたな」

「え」

「顔が好きだから付き合ってって言われたんだって。でも断ったって言ってたよ」

顔が好きだから付き合って。そのセリフを言う原田幹雄の顔が思い浮かんだ。たぶん、決死の覚悟で告白をしたのだろう。真面目なトーンで言うのは勇気がないし、自分のキャラクターに合わないとでも思って、わざとそういう軽々しいセリフを原田幹雄は選んだのだろう。しかし、すでに告白済みで、そしてはっきりとふられているとは思わなかった。

原田幹雄という太陽のような人の好意や厚意を素直に受け取れない林。あいつ、いったいなんなんだ。だんだん腹が立ってきた。

と思っていると、林が席を立って教室を出て行った。あ、たぶん屋上行ったよ、ついてけば？　不幸蹴るとこ見られるよ。とコタケさんは言った。

私は急いで屋上へ向かった。

＊

日光が暴力的。五分もじっとしていれば肌の弱い人だったら真っ赤になって、痛くなるに違いない。そんな炎天下でスカートを翻《ひるがえ》し、見事な蹴りを空に向かって放つ林は得体の知れないクールなバカ。それにしても、なんだろうあのキレは。格闘技の心得でもあるのか？　素人目にも一朝一夕の蹴りではないように見えた。しかしわけのわからない女だと思う。休み時間だけでなく、放課後もあれをやっているとコタケさんは言っていた。家が貧乏なら不幸蹴りなどしていないでバイトでもなんでもすればいいじゃないか。

林はしばらく一心不乱に空気を蹴っていたが、ふと動きを止めて、不意にこちらを見た。少し前にも教室で凝視していたら振り返られたから、けっこう鋭い女だ。

「さっきから、なに」

汗をかき紅潮した顔とは裏腹な温度の低い目で林は言った。私が返事をしないでいると、彼女はすぐに視線を空に戻し、また蹴りを再開した。

「林、さん」

林は動きを止めず、五回蹴って、怠そうに再度こちらを見た。なに、と目で言っている。

「林さん、原田君に告白された?」

「なんで知ってんの」

「なんで断ったの」

質問に答えろよ、と林はつぶやいた。「つーか私、三崎と話したことあったっけ」

他人に興味がなさそうなのに私の名字を知っていたのかと少し驚く。私はどちらかといえば見る人にインパクトを残すタイプの人間だから、覚えたくなくても覚えてしまうのだろう。

「話したことはないけど」

「だよね」と林は言った。「で、なに」

「私、原田君が好きなの」

「あ、そう」

「林さん、なんで原田君の告白断ったの」

「なんでそんなこと聞くの。つーか三崎、原田のこと好きなら、そのほうが都合いいじゃん。じゃ、忙しいから」

林はそう言って不幸蹴りを再開した。まだ話終わってないんだけど、と声をかけても返事をしなかった。上下する林の太ももを見ているうちに、チャイムが鳴った。

それからというもの、二限と三限の間の休み時間に屋上で林の不幸蹴り見学をするのが日課になった。

林は一心不乱という言葉がまさにぴったり、というように、空に向かって蹴りを放ち続けていた。私はそれを、屋上の入り口から近いところでじっと見る。林はグラウンドが見下ろせる東方向の柵の近くまで行って不幸蹴りをしているから、私たちのあいだにはそれなりに距離がある。林は十五分ほどの不幸蹴りのあいだ、一度も私のことを見ない。しかし私がいることに気がついてはいると思う。本当に、毎日毎日蹴っている。変なやつ。見学を続けているうちに、林の蹴りにはいくつかのパターンがあることに気づいた。パターンと言っても繰り出す蹴りの角度が違うだけだが、ただやみくもに蹴りをしているだけではなくて、おそらく空から落ちてくる不幸の位置によって角度を調節しているのだろうと私は推測した。そういった工夫をしながら意味不明の蹴りを真剣に続けているのか、などと思いながら見ていると、見飽きないから不思議だ。

「三崎ちゃ〜ん、毎日林ちゃんの不幸蹴り観察してるでしょ」

林観察を始めてから一週間ほどたったころに、コタケさんにそう言われた。

「まあ、はい。あの人、おかしな人ですね」

「林ちゃんておもしろいよね〜。でも毎日観察してたらさすがに飽きない?」

「いや、なんか……飽きないですね」

「三崎ちゃんさ」とコタケさんは急に真顔になって言った。「林ちゃんに惚《ほ》れちゃったんじゃないの?」そして立ち上がった。教室の隅に胡坐《あぐら》をかいて直接床に座っていたので、スカートのお尻に埃《ほこり》がついて白くなっていた。

「いや、それはないです。私、原田君が好きなので。というか男が好きなので」

そっかー、とコタケさんは言った。

4

ユメちゃんは、なぜかここ三日、連続でペヤングじゃなくお弁当を持ってきている。中身はタコさんウィンナーとか卵焼きとかユメちゃんらしくないチマチマしたもので、お弁当の包みは赤い小花柄だ。ロッカーに空になった弁当箱をしまうときに覗いたらペヤングが積み上がっていなかった。日焼け止めとか、化粧ポーチみたいなものが入っていた。もっと気になるのは、彼女の体から甘い匂いがすること。チョコレートとかはちみつじゃないし、それを模した人工の香料でもない。もっと根本的な、ユメちゃん自身から漂ってくる甘さ。

「ユメちゃんさ、なんか、おかしくない？」

「え、なにが？」

と言いつつ、ユメちゃんの頬は少し緩んでいて、その頬の緩みは、私の変化を指摘してくれ、と高らかに主張していた。

「なにがって、全部。どうしたの、急に」

「実はさ」とユメちゃんは言った。「好きな人ができた」

最近始めたレンタルビデオ屋のバイト先の大学生の先輩で、あんまり愛想はよくないんだけど、でもこの前ミスして対応間違えてお客さんに怒られちゃったときに助けてくれて、で、なんかかっこよく見えちゃってね。ユメちゃんは嬉しそうに「好きな人」の話をした。かっこよく見えちゃってね。だって。なんだそれ。ユメちゃんいままで語尾に「てね」とかつけなかったじゃん。

「へえ、そうなんだ」

「理学部生で映画好きらしくて」と言いかけてユメちゃんは一度止まった。私の顔をまじまじと見た。「三崎、なんか、怒ってる？」

「いや、べつに」

「いま三崎、すごい顔してるよ」

「べつに、ふつうだけど」

「なんか思ってることあんなら言ってよ」

「怒ってないし」

「私不満あるけど大人だから口にするの我慢してます、みたいな顔されるのが、いちばんむかつくんだけど」

　苛立ちを募らせた目。ユメちゃんにこういう目を向けられたのは初めてだった。

「ユメちゃん、女になろうとしてんの？」

　ユメちゃんの目の色がさっと変わった。痛いところを突かれたという顔。

「……私、最初から女だけど」とユメちゃんは言った。

「ユメちゃん、女を捨てた女じゃん。好きな人ができて急にお弁当作り出したり日焼け止めとか塗るようになったりして、ユメちゃんらしくない。ユメちゃんって、そういうことしない人だと思ってた。わかりやすすぎて笑えるね。やっぱそこらへんの女子と変わんないんだ。さんざん女を捨てたって言っといて、勝手に拾っちゃうんだね。がっかりした」

　一息に言うと、ユメちゃんの目はマイナス百度の冷たい色になって、彼女の喉の奥のほうから、「はあ？」と嫌悪のこもった低い声が聞こえた。

「勝手に、ってなに？　べつに三崎に許可取らなきゃいけないわけじゃないし、そんな同盟組んでないし」一拍おいて、ユメちゃんは言った。「ていうか私、三崎と違ってもともと女だし」

お腹の下のほうで黒いものが湧いた。

私は踵《きびす》を返して自分の教室に向かって歩き出した。

「まだ話の途中じゃん。勝手にどっか行くなよ」

ユメちゃんの手が肩にかかった。甘い匂いがした。

何かの本で読んだ。人間の雌は恋をすると、体から何かが出るらしい。フェロモンだとかなんだとか、よくわからないけど、男を惹きつけるために、そういうものがちゃんと出るらしい。女の体を持った女からは。

眉唾だなと思ったし、うそだったらいいと思ってた。でもいま本当だとわかった。それとも、私が敏感になりすぎているだけか？

胃の中で黒い液体がこぽこぽと音を立てている。私に顔をつかまれた篠田の目を思い出す。これ以上ユメちゃんの顔を見ていたら、この匂いを嗅いでいたら、またあのときみたいなことになる。

ユメちゃんの手を振り払って歩いた。長く息を吐く音と、もう話しかけてこないでね、という声が後ろで聞こえた。なんだよその女みたいなしゃべり方。

教室に戻って鞄をつかみ昇降口へ向かった。

昇降口で林と会った。

私の好きな人から好かれている女。細く滑らかな脚が今日もきれいだ。私のとは違う。

「なに見てんだよ」

林が話しかけてきた。

「女に生まれるって、どういう気持ち？」

「は？」

「女に生まれて、原田君から告白されるって、どんな気持ち？」

「……なんだよ急に。おまえ、あぶないやつ？」

「女に生まれたら、きっと楽しいよね。努力すればかわいくなれるし、男の子のこと好きになって、頑張れば、その人に好きになってもらえるかもしれないもんね。それは楽しいよね」

林は困惑と苛立ちのこもった目でこちらを見ている。私を見る人は、みんなこんな目をする。

「……あのさ、私につきまとわないでくれないかな。原田が好きなんだろ。だったら原田のところ行けよ。毎日おまえの視線浴びて、正直、気持ち悪いし、イライラすんだけど」

「私が原田君のところに行って、何が言えるの？」

私は林に一歩近づいた。

「おまえ、なんかこえーよ。殺し屋みたいな目してるぞ」

「質問に答えてよ。ねえ、私が原田君のところに行って、何が言えるの？」

「べつに、なんでもいいけど、好きなら好きって言えばいいじゃん。知らないよそんなの。とにかく私につきまとうのやめてくんないかな」

「男が男に告白したら気持ち悪がられるんだよ。オカマから好かれて喜ぶ男なんて、ひとりもいないんだよ。だから私、原田君に告白なんかできないんだよ。林さん、それ知らないでしょ。オカマの気持ち、わからないでしょ。林さんの脚きれいだね、どうやったらそうなれるんだろう」

また一歩近づいて、林の白い脚に手を伸ばした。

「うわっ、なんだよ」

林は私の手を払いのけた。それから、あー！　と言って髪の毛をかきむしった。

「ぐちぐちうるさいな。男が男に告白したら気持ち悪がられるって誰が決めたんだよ。おまえが勝手にそう思ってるだけじゃん。試しに告白してこいや、男だろ。いや違う、女？　だっけ？　紛らわしいな。つーか私に関係ないし。もうなんでもいいから、とにかく明日から屋上来んな。こっち見んな。つきまとうな」

キツネのような目を見開いて林は叫んだ。

そうだよ、男なのに女だから紛らわしいんだよ、おまえにこの苦労がわかるかぼけなす、男女《おとこおんな》の苦労が。無責任なこと言ってんじゃねえこの女女《おんなおんな》。と言いたかったけど、林は走って昇降口から出て行ってしまったので言えなかった。

私はしばらくその場にぼーっと突っ立って、タールの沸騰音が聞こえなくなってる、と気づき、でも、なんで収まってるんだろう、と不思議に思った。

男が男に告白したら気持ち悪がられるって誰が決めたんだよ。だってよ。気持ち悪がられるに決まってるじゃん。誰も決めてないけど、絶対そうなんだよ。

下駄箱《げたばこ》に座り込んで組んだ腕の中に顔をうずめて、五限の終了を告げるチャイムを聞いた。

六限の開始を告げるチャイムを聞き、六限の終了を告げるチャイムを聞いた。

ずっと林の声が頭の中をループしていた。

自分の生温かい息で、前髪が湿った。

部活に向かう人たちや下校する人たちが次々と下駄箱にやってきて、顔を隠すようにうずくまる私を見て悲鳴を上げた。でも誰も声をかけてはこなかった。爆発物と同じ扱い。何分かして担任が来て、どうしたんだ、と言ってきた。たぶん私に直接声をかけるのを恐れて、でも放っておくのもどうかなと考えた誰かが報告したのだろう。

ちょっと考え事してるだけです、と顔を上げずに私は言った。

「あ、ああ、そうか。体調が悪いんじゃなければいいんだ。気をつけて帰れよ」

担任は安心したような、でもおびえたような声で言って、職員室の方向へ消えた。オカマがうずくまってじっとしていれば、それだけで人に恐怖を与えることもできる。

数分、じっとしていると、原田幹雄の声が聞こえた。好きな人の声だけは、遠くからでも、姿が見えていなくても、よく聞こえてしまうのはなぜだ。原田幹雄は部活仲間と何か話しながら下駄箱に向かってきている。まだ林の声がループしている。おまえが私に言ったことは根拠のない無責任なことだったんだぞ、ふざけんなよ、おまえのせいで全部おしまいだよ。と明日、屋上で詰め寄ってやるためだけに、原田幹雄に告白してやろうか、そんな考えが浮かんだ。あと五秒で原田幹雄は下駄箱に到着する。立ち上がり、原田君、と声をかける自分をイメージする。あと三秒、二秒、一秒。

結局、うずくまったままやり過ごすことにした。

「ん？　三崎？」

原田幹雄の声が聞こえた。

「おい、大丈夫かよ。具合悪いのか？」

原田幹雄のほうから、声をかけてきた。

そうか、近頃、林ばかり観察していたから、忘れていた。原田幹雄は、みんなを照らす太陽みたいな人なんだ。下駄箱でうずくまるオカマにも、心配して声をかけてくれるんだ。

私の心臓はバクバクいって、どうしたらいいかわからなくて、顔を上げるのが怖くて、自分の吐息の湿り気に意識を集中して、するとその湿り気で前髪が額に張りついて変なふうになってるんじゃないかとか思って、やはり顔を上げられない。顔を上げないなら何も言わないほうが自然じゃないか、と考え、私は無言を選んだ。

「おい、三崎！」

原田幹雄の大きな手が私の肩をつかみ、軽く揺する。お願いだからいまは触らないで、と思う。

ほっとけよー、おれら先行ってるぞー。サッカー部の仲間の声が遠ざかり、２－Ｆの下駄箱にある気配は原田幹雄のものだけになった。

「三崎、大丈夫かよ、三崎、三崎！」

五回目に原田幹雄が私の名前を呼んだとき、私は顔を上げて、ゆっくり立ち上がっていた。

「なんだよー」

原田幹雄は私が立ち上がれる状態だったことに安堵《あんど》し、しかしそれが急だったので、同時に驚いてもいた。

「原田君、私、原田君のことが好きなんだ」

違う。何言ってんだ。

「でも私、男だから、気持ち悪いよね。男が男に告白したら、気持ち悪いよね。だけど私、好きだから」

さっき、無言でやり過ごそうと思ったのに。全部、終わった。

原田幹雄は唖然として私を見つめている。戸惑っている。不意に降りかかるオカマからの告白という災難にどう対処すればいいのかわからなくて、瞬きを何度もして、この気味の悪い状況を回避する方法を考えている。

原田幹雄のことを遠くから眺めて、それをユメちゃんに話していられればそれでじゅうぶん楽しかったのに。さっきユメちゃんを失《な》くしたばっかだし、そのうえ原田幹雄にも気持ち悪いと思われて、眺めていることさえできなくなったら、また死にたいだけの日々に逆戻りだ。

至近距離で好きな人の目を見つめながら、私の胸に生まれたのは静かな絶望だった。でも声が止まらない。

私、原田君のことが好きなんだ。こんなこと男に言われて、原田君、困ると思うし、気持ち悪いと思うけど、でも、好きなんだ。最初に見たときから気になって、教室でもずっと見てて。

原田幹雄が、何か言おうとして息を吸った。何もしゃべらないでほしかった。いますぐ駆け出して、この告白をなかったことにしたかった。自分の喉をつぶしたかった。私の喉なのに、私の意志に関係なく、なんで勝手にしゃべるんだ。頭がぐるぐるする。うまくいかないことだらけだ。消えたい。死にたい。でも原田幹雄の顔を、もっと見ていたい。

「ごめん」と原田幹雄は言った。「おれ、三崎の気持ちには応えられない。好きな人がいるからさ」

ぐるぐるしていたのが吹き飛んで、林の姿が頭に浮かんだ。怠そうで、少しつり目で、脚がきれいで、毎日空を蹴っている。

林、さん、と私は、私の喉は、私の口は、言っていた。

「え、ばれてた？」

……いつも見てたから、と私の喉は、口は、言った。

原田幹雄は恥ずかしそうに頭をかいた。

「おれ、三崎のこと、べつに、気持ち悪いとかは思わない。ただ、びっくりしたけど」

「……私が女だったら可能性あった？」

みっともないよ、なに馬鹿なこと聞いてんだよ、やめろよ。ごめんねって言って帰ればいいんだよ。頭の中で声がするけど、やっぱり私の喉と口は言うことを聞かない。

原田幹雄は黙り込んで腕を組んだ。真剣に考えているようだった。

十秒くらいして、彼は言った。

「いまのおれは、男でも女でも、林以外の人は好きにならないよ」

胸の中で、何かが溶けた。

「なあ、三崎って、いつも掃除すげー丁寧にやってるよな。前からなんかいいやつそうだなと思ってた。あとにんじん切るのうまいし」

原田幹雄は太陽的な満面の笑みで言った。「友達になろうぜ」

私は声を出すことができず、下駄箱は沈黙。

うん、て言えよ。でも口が動かない。

原田幹雄はそんな私を太陽の笑顔で見ている。そして、

「やべ、アップ始まる、また明日な」

一瞬、てのひらを私に向けてひらひら動かし、部活棟のほうへ走り去った。

私は放課後の下駄箱にまた突っ立って、そして泣いた。体の中に涙をためておく貯蔵庫と栓があるとして、それがぶっ壊れたみたいに泣いた。どれだけ泣いても止まらないから、しかたないので泣きながら帰った。泣きながら帰る長髪の、内股の、女になりたい、男にふられたばかりの男。最悪だ。

家に着いて泣きながらお米をとぎ、泣きながら炊飯器のスイッチを押して、泣きながら鍋に水を入れ火にかけた。習慣が体を動かした。ぐすぐすと鼻をすする音が聞こえた

のか、にいちゃん、どうしたの、と一番下の弟が最初にやってきて、狭い台所で私の周りをうろちょろし出し、真ん中のも、一番上のもやってきて、今日はおれたちが晩飯作ると言い出して、彼らは出汁の入っていない、しょっぱいだけのマズイみそ汁と、火加減が弱いから肉の焼き上がりがぬるっとしてピーマンやにんじんが生焼けのマズイ肉野菜炒めと、塩コショウをふりすぎて辛いし、やはり火の通り切っていないシャクシャクのマズイポテトサラダを作った。私はそれを泣きながら食べた。にいちゃん、これも食べてよ、こっちも食べてよ。ふだん、わき目もふらずに目の前のものにがっつく三人は、私のことばかり気にしてちっとも自分たちのご飯を食べ進まなかった。おいしいよ、とどうにか笑った。その拍子にあごを伝った涙が食卓に垂れて、弟たちはまた大慌てでこれを食べて、あれを食べて、と言った。こいつらは、きっといい男になるに違いない。

じゃあ、私は、何になれるだろう。

これは、どういう涙なんだろう。

私は、女に生まれなかったことに負けたんじゃなくて、林に負けた。

そう思っていいのだろうか？

5

原田幹雄に告白してから一週間がたった。

あれからというもの、原田幹雄は私を見ると、「おー、三崎」と声をかけてくる。私は、あ、原田君、お、おはよう、とか、そういう落ち着きのない女、というか、男だけど、ともかく女みたいな挨拶をする。

授業中、窓際の席の林に目をやると、貧乏ゆすりをしながら、しきりに空を見ている。たぶん、空を蹴りたくてしかたがないのだろう。変な女、と思う。あれから一度も林とは話していない。

私は、自分の心が、いま、どういう状態なのか、わからない。原田幹雄にふられたら今度こそ死ぬと思っていたのに、意外と、死にたくなっていない。恋敵の林を殺してやろうとか思うんじゃないかと思ってたけど、そうもならなかった。コタケさんがふらふらーっとやってきて、三崎ちゃーん、おもしろい漫画見つけたんだけどさ、あ、見て見て、まーた林ちゃん不幸蹴りに出動した、などと話すのを、あ、なんか、楽しいような気がする、などと思いながら聞いている。コタケさんは、私をよくかまってくる。それが妙に嬉しい。

家では何も変わらない。弟のことはとても大事で、母親との関係は良くなる予感も、これ以上悪くなる予感もしない。

ユメちゃんとは、あの日以来、一度も会っていない。見かけることはあっても、話しかけてくるなと言われてしまったし、たぶん、彼女との友情は、あそこで終わってしまった。

と思っていたら、火曜の夕方、夕飯の買い出しに街に出た際にユメちゃんに会った。膝上丈の水色のワンピースに華奢なサンダル。足の爪に、きれいにペディキュアを塗っていた。どこかの服屋の店頭にあるマネキンが着ているような、お手本みたいに女の子らしい恰好《かっこう》。似合っていた。すごく、かわいかった。でも、頭からつま先までパーフェクトと言っていいほどのずぶ濡れで、それはなぜかというと、強い雨が降っているのに彼女が傘を差さずによろよろ歩いているからだった。

目が合った。ユメちゃんは一瞬立ち止まり、変な顔をして目をそらした。そしてまた歩き出した。無視かよ。水たまりをサンダルでバシャバシャとまき散らしていた。

私は近寄って、傘を差しだして、ユメちゃんに降り注ぐ雨を防いだ。小さな傘だったので、ユメちゃんを入れたぶん、私の肩が少し濡れた。十五センチくらい身長差があるので、彼女に合わせて少し身をかがめた。私の傘の下で、なに、とユメちゃんは言った。

「いや、そっちこそなんだよ。そのかっこ変だし、似合ってないし、びしょ濡れだし」

ボツボツボツボツと雨が傘を打つ音がすごい。

「傘、忘れたの！」

「あっそう」

ユメちゃんは肩を震わせた。濡れすぎて体が冷えたのだろう。

「そこにコンビニあるよ。傘買ってけば」

べつにいいよ、濡れて帰るから、財布に二百円しか入ってないし、とユメちゃんは言った。

「そっか。じゃあね」

私は憎たらしいほどかわいい恰好をしているユメちゃんを置いて歩き出した。ボツボツボツボツ、を聞きながら十メートルほど歩いたところで、

「ふられたの！」

ユメちゃんの声がして私は振り返った。

頭からつま先まで余すところなく雨で濡れているから当然顔も雨で濡れているのに、雨以外の水分で頰が濡れていることが私にはわかった。というか最初からわかっていた。目の周りだけ赤かったから。

さっきバイト終わって、先輩に告白しようとして、そしたら先輩の彼女が傘持って迎えに来て、とユメちゃんは怒っているみたいに大声で言った。勤務中は制服なのに、バ

イト終わりに告白する一瞬のためにかわいいワンピースを買って、ペディキュアを塗って、慣れない恰好で、ドキドキしながらバイトに行ったユメちゃん。

「告白してないのにふられたんだ。ユメちゃん、ダサいね」

ユメちゃんは、泣いているような、怒っているような、すごい顔をした。私は、その顔に向かって近づいた。

「私は告白したよ。ふられたけど。だから私たち、ダサい者同士」

私はもう一度、ユメちゃんの上に傘を差した。

「ユメちゃん、この前はごめん」

ユメちゃんは、三秒くらい我慢していたふうだったけど、いろんな感情が混ざってぐしゃぐしゃの顔をさらにぐしゃぐしゃにして私に抱きつき、私の平らな胸に顔をうずめ、「この、ま、えは、ごめ」と子どもみたいにしゃくりあげて泣いた。私は小刻みに震えるユメちゃんの頭に手を置いて、うん、と言った。小学生みたいな仲直りのしかた、と思った。

翌日、ユメちゃんは、あっさりペヤングのユメちゃんに戻っていた。私に気をつかってそうしているのかと聞いたら、

「違うよ。でも、誰かのこと好きになると、ちゃんと女になりたくなるんだって気づいた。いまは誰も好きじゃないから、女らしくしようとか思わないけど。でも、またいつ

ああなるかわからないから、そのときはすねんなよ」

とユメちゃんは言った。

「それはわかんないよ。ぶっ殺したくなるかもしれない、たぶんなる」

そしたら絶交だよ、バカ三崎、と言ってユメちゃんはペヤングをすすった。

正直に言って、今回ユメちゃんがふられてなくて、彼女の恋愛が成就しちゃって、それで、ますますユメちゃんが女の子になったりしたら私は彼女のことを許せなくて、また中学のときみたいに嫉妬に狂ってユメちゃんの顔面をつかんでいたかもしれない。だから、ユメちゃんがふられてよかった。ざまあみろ。でも、もっと正直なことを言えば、次にユメちゃんがかわいい恰好をしたくなったときには、似合ってるよ、かわいいよ、って素直に言って、女としてのユメちゃんを応援してあげられるようになりたい。そういうふうに思えたのは初めてで、これはもしかしたら、林のおかげかもしれない。原田幹雄のおかげかもしれない。ちょっとだけ、コタケさんのおかげかもしれない。

私は、死にたいと思っていた中学時代のことを考える。生きていれば傷つくことなんてたくさんあるから、傷つくたびに死にたくなっていたら生きてけない、だから簡単に死にたいとか言うな、思うな。という正論があるけど、死にたいと思っている当人には無意味で、私は毎日死にたかった。

誰かと関わることで、人間は、少しずつ変われるものなのだろうか。

テスト期間になり、夏休みになり、夏休みが終わり、二学期の初日、登校すると、昇降口で林に会った。どうしようか迷って、おはよう、と言ってみる。林は少し戸惑った感じで、面倒くさそうに、ああ、と挨拶ですらない音声を発し、私たちは歩くスピードも目的地も一緒だから、並んで歩いているような恰好になって、間が持たないので「宿題終わった？」とか言ってみると、林は三秒くらいして、「数学以外は」と、ぼそりと言う。こいつは、私が原田幹雄に告白をしてふられたことを知っているんだろうか。

教室に入ると、

「あれ、林ちゃんと三崎ちゃん、仲良しだね〜」

コタケさんがいつもの気の抜けた声で話しかけてくる。いや、仲良しではないっすよ、と林。ホームルームが始まる三分くらい前に原田幹雄がサッカー部の仲間とともにやってきて、「おっす三崎」と言う。私はその太陽的な笑顔にたじろいで、やっぱり緊張しながら、おはよう、と言う。いま、顔がかたかったな、と反省する。好きな人の自然な笑顔には、自然な笑顔で返したい。まるでふつうの高校生みたいだ。いや、私は、ふつうの高校生なのか。そして、太陽に焼かれた勢いで、お母さんとちゃんと話してみようかな、考えてみれば、私だってあの人を避けるばかりで、理解を得ようという努力をしてこなかったのかもしれないな、などと不意に思う。まるで前向きなオカマのようじゃないか。前向きなオカマ。悪くない響きだ。でもオカマって、自分を卑下しているみたいで、あんまりよくないのかな、とも思う。体は男だし、心は女だし、よくわからない生き物だけど、私は周りのみんなと同じ、ふつうの高校生なのだ。

昼休み、教室のベランダでお弁当を食べる。

九月の昼間の空はとても明るい。つられて気持ちが明るくなる。とても単純。単純すぎて笑える。ペヤングをすすりながら「三崎の弁当うまそー」と言うショートカットの女子と他愛もないことを話しながら、この、気まぐれに希望が胸に灯る感じを忘れないでいよう、と私は思い、空中に向かって笑顔の練習をしてみる。

吠える な

1

沖縄から四日ぶりに家に帰ると犬がいた。見知らぬ犬だ。

蹴り飛ばしたら十五メートルくらいは飛んでいきそうなサイズで、毛の色は段ボールもしくはコーヒー多めのカフェオレといった茶色。毛量が多く、目はあるのだろうが、頭から額にかけて生えた毛——人間でいうところの前髪もしくは眉毛のような——に覆われてほとんどそれは見えない。ポチとかタロみたいな名前をつけられて庭の犬小屋で寝起きするタイプの犬ではなく、独身ＯＬがさみしさを紛らわすために飼いそうな洋風の室内犬。

犬は玄関とリビングをつなぐドアを開けて出現した私の姿を確認するなり「きゃん」と甲高く吠《ほ》えた。吠えるときに前髪が揺れて、その隙間からのぞく目は真っ黒で白目がなかった。

妹が、「あ、おねえちゃん！」と言った。

「ただいま」

と私は言い、無言で犬に視線をやっていると、「きゃんきゃん」と二度追加で吠えられた。カフェオレ犬の小さな体から出てきた音があまりにも完璧に「きゃん」だったので私は感心した。小型犬の「きゃん」は漫画的表現ではなく実際に「きゃん」なのだ。

「こいつはなに？」

六歳の妹にたずねると、キティだよ、と妹は言った。

「キティ？」

「なまえだよ」

「こいつの？」

「うん。キティ！」

妹が呼びかけると犬は短いしっぽを振って妹のもとへ駆け寄っていった。鉛筆ほどの長さの四本の脚を高速回転させてちょこちょこと走る姿は滑稽で、犬は、犬というよりも、そういうカラクリをほどこされた犬型オモチャのように見えた。

犬は「きゃん」ではなく「くうん」と甘えたような声を出して、床に座る妹の膝のあたりに鼻をこすりつけた。見事にお手本のような「くうん」。

「キティ！」

妹は犬の名前を呼んでその頭をわしゃわしゃと撫でた。妹の靴下にはキティがプリントされていた。リンゴ五個分の身長とリンゴ三個分の体重を持つというサンリオのキャラクター。

　彼女は犬を持ち上げ、毛だらけの顔を自分の顔の前にもっていった。犬がピンク色の舌を出して妹の小さな鼻をぺろぺろと舐《な》める。妹はきゃあきゃあ笑い、犬を床に戻した。私はしばらく彼女たちがじゃれる様子を見ていたが、やがてたずねた。

「この犬、いつからいるの？」

「キティだよ」

「うん。いつからいるの？」

　妹は私が犬をキティと呼ばないことに不満げな顔をしつつ、「えーと……」と言いながら右手の指を親指から順に折り曲げていった。親指、人差し指、中指と三本折り曲げたところで、

「おとといのまえの日！」

　と言った。

　ということは三日前だ。私が高校の修学旅行で沖縄に旅立った翌日。

「誰が連れてきたの？」

「コミヤマさん」

「……コミヤマさん」と繰り返しつつ記憶をたどる。

　クロールがすごく上手で、六十五歳くらいなんだけど元気でね、コミヤマさんていう

人なんだけど――。母親がスポーツジムで友達になったおばさんのことを父親に向かって話しているのを聞いた記憶がある。おそらくそのコミヤマさんが旅行にでも出かけて飼い犬を預かるという話になったのではないか。私は、この歳の離れた妹との会話を苦手に思っているので、母親の帰宅を待って、どういういきさつで三日前から犬が家にいるのか確認することにした。

「お母さんは？」

「かいものにいったよ」

きょうはハンバーグだって！　妹は無邪気な声で言い、犬の頭を撫でた。それから、これはおねえちゃん、と私を犬に紹介した。犬は妹の紹介を受けて、ゆっくりと私の足元に寄ってきた。会った瞬間に吠えてきてイヤな感じのする犬だと思ったが、自分をかわいがってくれる女の子の姉だということを妹の紹介で理解したのか、態度を変えて歩み寄ろうとしているのかもしれない。

犬は私の右足のすぐ前で立ち止まり、ぶるっと一度、大きく体を震わせた。それから自然な感じで短い脚を片方ひょいと持ち上げた。次の瞬間、生温かい液体が学校指定の白ソックスに包まれた右足首から甲にかけてを濡らした。

「あ、キティ！」

妹が大きな声をあげたが、犬は落ち着いた様子で最後まで小便をした。そして口角の上がった挑戦的な顔つきで私を見上げた。人間がするような複雑さを持った悪い表情だった。

「キティ！　トイレは外っておしえたのに！」

妹の声に反応して犬が妹を振り返った。私からはそのときの犬の表情は見えなかったが、たぶん少し情けない、媚《こ》びるような目をしているに違いなかった。すみません間違えちゃいました、知らない人が来たので驚いちゃって、みたいな。後ろから見ても短いしっぽが垂れさがって、粗相《そそう》をしたことの申し訳なさでいっぱい、という感情を妹に向かってアピールしているのが伝わってくる。が、その力ないしっぽの下がり方は、私の目にとても白々しく映った。

「もー」と妹は言い、走って脱衣所へ向かった。脱衣所にはバスタオルのほかに汚れてもいいタオルがいくつも積み上げられている。それを取りに向かったのだろう。

犬と、犬が放出した小便と、犬が放出した小便による生温かい不快感とともにリビングにとり残された私は靴下を脱ぐこともせず、やはり無言で犬を見下ろした。

犬は妹がいなくなるや否《いな》やモップじみた前髪の隙間から挑戦的な光の宿った憎たらしい目で、再度私を見上げた。

おまえ、確信犯だろ。

ええ、わざとですが何か。

動物との会話が成立したのは十七年生きてきてこれが初めてで、同時に、私はこの犬に完璧になめられているのだと悟った。

私はソックスを脱がず、右足を小便臭くしたまま犬と目を合わせてガンを飛ばしあった。おまえに小便をかけられたことくらいでは私はなんらのダメージを受けないという泰然自若《たいぜんじじゃく》とした態度を示しておく必要がある。動揺したり騒いだりする姿を見せれば、こういういやしい手合いはますますこちらを甘く見るのだ。

犬は、やはり口角を上げた人間的な表情を保ったまま私から目をそらさなかった。火花を飛ばし合っているところに妹が戻ってきた。どこかの温泉旅館でもらってきた薄いタオルを手に持っていた。彼女はそのうちの一枚をまず私に渡した。「これで足ふいて」それからフローリングに広がった黄色い液体をせっせと拭いた。この小さい体のどこにこんな小便を溜めていたんだと思うくらい大量の小便だった。ペラペラのタオルはすぐにびしょぬれになった。妹は二枚目も使ってきれいに黄色い液体を拭きとってしまった。それからまた脱衣所に走っていき、きれいなタオルを水で濡らして絞ったものを持ってきて、仕上げにそれでフローリングをきれいに拭いた。とても今年から小学校に通いだしたばかりとは思えない、てきぱきした動きだった。

子どもらしくないと思うくらい、しっかりしたところを見せつけられることが、一緒に暮らし始めたこの半年のうちに何度もあった。そういうとき私はたまに妹のことを恐ろしく思う。六歳なら、下手したら自分がおねしょをしていてもおかしくない年齢なのだ。

犬は掃除をする妹の周りを、すみません自分が粗相したばかりに……とでも言うように申し訳なさそうな足取りでうろうろと歩き回った。かわいがってくれる人間とそうでない人間を的確に判断して真逆の態度を使い分けることのできる賢さを持っているのだ。

「こんどからきをつけなきゃだめだよ、キティ」

犬は「はい」とでも言うように首を何度か縦に振った。見れば見るほど人間じみている。

私は犬を見下ろしながらわざとゆっくりソックスを脱ぎ脱衣所へ行った。洗面台で小便を軽く流し、水気を絞って洗濯機に放り込む。リビングに戻り、修学旅行に携えていった旅行鞄から四日分の衣類を取り出して、それらも洗濯機に放り込んだ。その他のこまごました荷物も片づけ、最後にお土産のちんすこうをダイニングのテーブルに置いた。

リビングでは妹と犬が飽きもせずにじゃれあっている。私は自室に引っ込んだ。

キーホルダーをブレザーのポケットから取り出し眺める。ゴーヤくん。ゴーヤに目と口と鼻がついて手足が生えたキャラクターで、これは進藤《しんどう》君とおそろいで買ったものだ。ため息をついて、どこにつけるあてもないそれを机の引き出しに放り込む。

私はこの沖縄修学旅行で進藤君の恋人になる予定だった。私としては、そういう心づもりができていた。

彼とは今年の四月、高二の頭から同じクラスになった。進藤君は入学当初から学校でただひとり頭を金に染めてピアスをしていることで有名だった。金髪ピアスの高校生など街を歩けばざらにいるけど私たちの学校ではありえなかった。進学校で校則も厳しく、身だしなみについては特にうるさいから。

細身で背が高く、頭が黄色い彼はどこか浮世離れして見えて、目立った。でも私は彼に関心がなかった。攻撃的な恰好をしているから近づかないほうがいいだろうと思っていた。

しかし同じクラスの隣の席になってみると、すぐに好きになってしまった。彼は外見に反して真面目で静かで、休み時間はひとりで翻訳ものの本を読んでいたりして、成績が良かった。性格は温和だし、近くで見ると笑ったときの顔が少年ぽくてかわいかった。そのうえ自分のことを「僕」と言った。想像と異なる一人称が飛び出したので、初めて話をしたとき私は笑った。

「え、僕っていうの、へんかな」恥ずかしそうに彼は言った。

狼の皮をかぶった羊。そんな印象を受けた。おとなしいキャラクターなのに、どうしてこんな恰好をしているのだろう。でも、そのちぐはぐさが妙に私の心をくすぐった。たぶん彼には何かしらのポリシーがあるに違いない。

私たちはお互いに部活をやっていなかった。そのうえ家の方向が一緒だったので、たまに一緒に帰る仲になった。私は進藤君と帰ることができるのがうれしかった。昨日見たテレビのこととか家族の愚痴とか、おもしろくもないことをとりとめもなく話した。進藤君はそれをとても楽しそうに聞いてくれた。彼は、自分のことはあまりしゃべらないけれど聞き上手だった。

彼は私のことを「小倉《おぐら》さん」とさん付けで呼んだ。私はそのころ上の名前が変わったばかりで、新たな苗字で呼ばれることに慣れていなかったが、小倉さんて、呼ぶたびにあんこの甘さを思い出してちょっと幸せになる、と進藤君が言うので、素晴らしい苗字を得たような気持ちになった。

ワイシャツからのぞく意外に男っぽい首筋や、夕日を受けてたまにきらりと光る左耳のピアスを見ていると私は飽きなかった。七十二時間くらい、彼と一緒に歩き続けられるなと思った。でも学校から家に帰るのに三日もかかるわけはなく、毎度二十分ほど歩いて私たちは分かれ道に差し掛かり、名残惜しい気持ちで「じゃあまた明日」と言って手を振りそれぞれの帰路についた。手を振ったあと、進藤君の背中が信号を渡って見えなくなるまでひそかに見送っていることは秘密だった。

今年度から家族の増えた家はどこか居心地が悪く、家の中でどんなふうに過ごしていいかわからなかった私は、帰宅してから学校に行くまでの半日を、ほとんど自室にこもって進藤君のことばかり考えて過ごした。

私は日を追うごとにどんどん彼のことを好きになっていった。

でも、同時に不安にもなってきた。進藤君に、ほかに仲のいい女子はいないのだろうか？　それとなく聞いたことがある。彼は少しさみしそうな顔をしてこう言った。

「見た目のせいか、一年生のときは話しかけてくれる人がいなくてさ。だから小倉さんが仲良くしてくれるのはうれしいんだ」

弱みを見せて恥ずかしいというように彼ははにかんだ。

私はその瞬間、進藤君のことを思い切り抱きしめたい衝動に駆られた。好きだ。好き好き好き。すごく好き。頭の中で好きという二文字が駆け巡って爆発しそうになった。

それから、どうしても聞きたくなって、私は彼に金髪の由来をたずねた。

「実は僕さ……」

あまり楽しい話じゃないから話したくはないんだけど小倉さんにならら、と言って進藤君は話してくれた。

彼の言うには、彼は特殊な病気を患っていて、精神的に落ち込んだり、体調を崩したりすると色素のバランスが崩れて頭髪の色が抜け、だんだん茶色くなってしまうということだった。中学時代はそれを同級生に気持ち悪がられ、いじめられた。だから金髪にして、わからないようにカモフラージュしている。ピアスをしているのは、金髪というキャラクターが不自然じゃないようにわざとつけている。ということらしい。

「ピアスに金髪だったら、ああ、そういうのが好きな人なんだなって何か聞く前から勝手に納得してくれるから」彼は少し悲しそうに笑い、それから「小倉さんにはなぜか甘えたくなるんだけど、どうしてかな」と言った。

私は彼を胸の中に抱いて、黄色い頭をぐちゃぐちゃにかきまわしてやりたくなった。骨がミシミシ言うぐらい強く抱きしめたい。好き。っていうか愛《いと》しい。

その日私たちはいつもの分かれ道に差し掛かり、お互いにまだ帰りたくないという雰囲気を察知しあった。どちらからともなく、どちらの帰り道でもない、適当な道をふらふらと歩き出した。私は進藤君につらいことを話させてしまったという罪悪感から、いつも以上にどうでもいいことを話した。途中で公園を通りかかったので私たちは夕暮れの中でベンチに腰掛けた。空が橙《だいだい》に紫を垂らしたような色になって、それからだんだんと濃くなってきた。その微妙な色の中で、進藤君の金髪はよく映えた。

「小倉さんて優しいよね」

「そんなことないけどさ」

会話が途切れて、しばらく沈黙があった。

これはもしかしたら告白されるかもしれない、と私は思った。

だけど事態はもっと一足飛びに、私の予想を超えたところまで進んだ。

進藤君はベンチの背もたれにあずけていた体をぐっと起こし、こちらに顔を近づけてきた。反応する間もなく、進藤君の唇が私の唇に重なった。でもそれは一秒くらいのことで、進藤君はすぐに顔を離して「ごめん」と言った。

私は驚いて進藤君の顔を見た。

「ごめん」進藤君は捨てられた子犬のような弱々しい顔で私を見た。「……僕のこと、きらいになった？」

全然きらいじゃない。むしろ好き。好きが加速してる。告白するしかない。いま、この場で。でも、向こうが告白してくれるのを待ったほうがいいのかもしれない、とも思った。こういうのは、男の人のほうから言うべきなのかもしれないし。

それからというもの、進藤君は一緒に帰るとき、人通りの少ないところでそっと私の手を握るようになった。別れ際にはキスをされた。唇と唇を重ねながら温かく濡れた柔らかいものが私の唇を舐めて口の中に入ってくることもあった。そういうときの進藤君は羊から狼に変身した。彼の細い指が私の髪の毛に差し込まれて頭皮に触れる。汗ばんでいないかと不安になったけど、進藤君の唇や舌の柔らかさを感じているうちに、すぐにどうでもよくなった。

進藤君はキスをしながら、私の頭を、髪の毛を、乱暴な手つきで撫でた。背中や腰にも進藤君の指は下りてきた。触れられたところから順に体が熱を帯びていく。私の頭はどっかーんと爆発して真っ白になり、何も考えられなくなる。顔を離したあとの、「いけないことをしてしまった」という後悔を感じさせる弱々しい羊の顔を見てまた頭が爆発する。この人になら何をされてもいい。

進藤君と一緒に帰るのは週に一回か二回か、多くても三回で、私と帰らない日は他校に通っている中学時代の親友と遊んでいるようだった。友達と呼べる人間がそいつ一人しかいないんだ、と進藤君は言った。それを聞いて私は満足した。進藤君には彼のことを理解してくれる友達が一人だけいるのが似合う。それは進藤君の進藤君的なイメージに、とても合っている。だけどその親友がいなければ毎日進藤君と帰ることができるんだけどな。私は見も知らぬ進藤君のたったひとりの親友のことを恨みさえした。でも、そのヤキモキした気持ちを楽しんでもいた。相手が女だったらこうはいかないけど。

でも進藤君に対して不満に思っていることが実はひとつだけあって、それは「好き」とか「付き合って」という言葉が彼の口からちっとも聞けないことだった。一緒に帰るし、手もつなぐし、キスもする。だけど付き合っているのかどうかわからない。もしかしたら進藤君の中ではとっくに付き合っているという認識があるのかもしれない。彼はシャイだから、直接的な言葉で交際の始まりを確認するという野暮な儀式を意図的に避けているのかもしれない。それならそれでいい。私はとても幸せだし、言葉によって確認しあわないだけで私たちは恋人同士なのだ。

そう納得していられればよかったのだけど、あるとき私はどうしても彼から確証のある言葉が聞きたくなった。それが修学旅行先の沖縄だった。

私は進藤君と同じ班で、終始ぴたりとくっついて行動していて、お土産屋さんでおそろいのキーホルダーを買った。それがゴーヤくん。とくに気に入ったわけではないが、

「なにこれ、へんなの」

「誰が買うんだろうね」

と二人で文句を言いながら買ったという記憶と、おそろいであるということが重要だった。進藤君とおそろいならゴーヤくんだろうがサトウキビくんだろうがラフテーくんだろうがなんでもいい。

三日目の夜、宿舎の宴会場で晩御飯を食べているとき、たとえ修学旅行とはいえ進藤君と沖縄に来ているのだという事実にじわじわとテンションを上げていた私は、海ブドウを食べながらさりげない調子で言った。

「私って進藤君の彼女？」

確実にイエスという返事をもらえることを想定して、「いまさら聞くの、野暮だけどさ」といういたずらっぽいニュアンスも添えて言ったつもりだった。

周りはがやがやしていて馬鹿な男子が騒いでいたので、私たちの会話を聞いているクラスメイトはいなかった。

進藤君の顔に困惑の色が浮かび、急激に目の色が冷めたように、私には見えた。

「小倉さんは、なんていうか……」進藤君は言葉に詰まった。「小倉さんのことはかわいいと思ってるけど、でも、これから受験だし、付き合ったりっていうのは、その、あんまり」

進藤君の言葉は、ものすごく歯切れが悪かった。歯切れが悪い分、錆《さ》びたノコギリでぎりぎりと心臓を削られているような痛みが胸に走った。「これから受験だし」と「付き合ったりっていうのは、その、あんまり」という言葉の関連性がわからなかった。

「でも小倉さんのことは、ほんとにかわいいと思ってるんだ。いままでとおんなじように接してくれたらうれしいんだけど……」

進藤君はいつもの羊的な顔で言った。かわいいとは言ってくれても、好きとは言ってくれなかったのが、私の胸をさらに痛めつけた。

これはつまり、ふられたということか？

あまりのショックで、そこからの記憶がほとんどない。

憔悴《しょうすい》しきって沖縄から帰ってきた私は自分の家で見知らぬ犬に吠えられ、さらに小便をかけられた。

外で、母が軽自動車のドアを乱暴に閉める音がした。軽自動車のドアは軽いので、優しく押せば閉まる。でも私の母親はがさつで、そういう力加減のわからない人だから、いつも必要以上に大きな音がする。

階段を下りて玄関で母を待ち受けると緑の大容量エコバッグを片手に母が現れた。母は私を見ると、「あれ、帰ってたの」と投げやりな調子で言った。レッドカーペットを歩くハリウッドの女優みたいな真っ赤な唇と巨大なエコバッグが絶望的にミスマッチだった。

「ただいま」

「沖縄、楽しかった？」

「まあ。それより、あの犬なに？」

「ああ。そうそう、そうなのよ」

と言いながら母はエコバッグを私に手渡した。ズシリと重いバッグの中には見慣れない野菜や、少し高めの肉が入っている。

「コミヤマさんが連れてきたとか言ってたけど。……あおいが」

と私が言うのと同時に妹がやってきた。おかあさんおかえり！　と妹は元気よく言った。

「あおい、キティといい子で待ってた？」母は妹の頭に手を置き、ツヤツヤした細い髪の毛を優しく撫でた。

「うん！」妹が無邪気にうなずき、足元をうろちょろする犬に話しかける。「ね、いいこでまってたよね、キティ。あ、でも、さっきおしっこしちゃったけど、おねえちゃんの足に……」

「あら、知らない人が来たから驚いたのね、きっと」

私が悪いような言い方を母はした。

「ねえ、いつまでいるの、この犬」

「いつまでって……ねえ」母はバツがわるそうな顔で言葉を濁し靴を脱いだ。

「コミヤマさんとかいう人から預かってるんでしょ」

「あずかってるんじゃないよ。もらったんだよ」と妹が言った。

「は？」

「うちでかうんだよ、キティ」

きゃん。勝利宣言するように犬が吠えた。

2

「コミヤマさんの旦那さんが体調崩して入院しちゃったの。旦那さん愛犬家だから、あそこの家、六匹も犬を飼ってるじゃない？」

家族四人がそろった食卓で、母はコミヤマさんが愛犬家で六匹も犬を飼っていることを世間的に知られた事実のように話した。

テーブルには母と妹が作った手作りのハンバーグや、やたら具の多いみそ汁や、ささみや生ハムの添えられた彩りの豊かなサラダが並べられていた。

「奥さんひとりで犬の面倒見るの大変だから、そのうちの一匹を旦那さんが退院するまでしばらく預かってくれないかって言われたのよ」

私が沖縄に旅立ってすぐに犬が家に連れてこられた。その犬を、六歳の妹がいたく気に入った。三日目に様子を見に来たコミヤマさんが、妹が犬と別れたがらないのを見て、「この家の子になっちゃったほうがいいかしらね」と冗談めかして言った。それを受けて、「え、この子、うちの子にしてもいいの？」と妹が言った。

そこからどのように話が進んだのかはわからないが、とんとん拍子に犬をコミヤマさんから譲り受け、うちで飼うことが決まったらしかった。

「コミヤマさんの旦那さん、あまり具合がよくないみたいだし、これからもあの数の犬を飼っていくのはたいへんそうだから人助けにもなるしね。キティちゃん、よくしつけされてるからお利口さんだし、あおいにもすごく懐《なつ》いてるし」

と母は言った。

私は唖然とした。私がいない間に生き物、それも金魚やメダカじゃなく犬を飼うなどという重大事を決定することがあるか。よくしつけされているお利口さん？　私を見るや吠えて、そのうえ小便をかけた犬だ。

「ごめん、みさ子ちゃん、やっぱり相談したほうがよかったかな……」

父親、というか、妹の父親は、ハンバーグをもそもそと食べながら申し訳なさそうに言った。母は何事も即断即決の強引な性格だから、父親もそれに乗っからざるを得なかったのだろうということは見て取れた。

「名前は誰がつけたの。もとからついてたやつじゃないでしょ」

このバカらしい名前は、と言いたかったけど、それはやめておいた。

「あおいがつけてくれたんだよね」

と母が言って妹の頭を撫でた。母はことあるごとに妹の頭を撫でる。

「おねえちゃん、キティがうちにいるの、いやだった？」妹は目に不安の色を浮かべて言った。

「べつに……」

「気にしなくていいのよ、あおい。靖幸《やすゆき》さん、ハンバーグおいしくできてる？　それ、あおいが丸めてくれたの」

「うん、すごくおいしい」

自家製のデミグラスソースがかかったハンバーグを父親は三つも平らげた。

足元を犬がうろうろしている。何かよこせとでもいうように、意地汚く食卓を見上げている。

無言で空になった茶碗を流しに運び、二階へ行こうとすると、

「ごちそうさまくらい言いなさい」

と母が言った。

「お母さん、口紅濃いよ」

そして私は二階へ行った。これから寝るまでの数時間を、この三人と一匹とともに過ごすのはしんどい。


私の実の父親は私が生まれてすぐに交通事故で死んでしまった。だから私にとっての家族は記憶がある限りでいえば母親だけだ。

高二のある日、突然母親が知らない男の人を家に連れてきた。

男の人は母より九歳下の三十二歳で、おじさんというよりはお兄さんに近かった。小さな女の子も一緒だった。この人と結婚すると母は言った。

母がいつの間に恋愛をしていたのか私にはわからなかった。仕事をしていたし、そんな時間もないだろうと思っていた。母親がこの歳になって恋愛をすることを私はまったく想定していなかった。

母には女らしい細やかさというものがなく、どちらかといえば男勝りな性格だった。

着飾ることはなく、化粧のひとつもしなかった。家事も適当で、食卓には凝ったものが出たことがない。肉を焼いて塩コショウをかける、キャベツを千切り（母の千切りは千切りと言えないくらい太い）にしてマヨネーズをかける、そういうレベルだ。みそ汁には豆腐とねぎ以外が入っていたことがなかった。洗濯物のたたみ方はいつも適当だったし、アイロンをかけるのも苦手だった。女手ひとつで私を育てなければいけなかったのだから、そういうところまで手がまわらないのは当然だと思っていた。

夜中、トイレに起きると、台所の簡易なイスに座って疲れた顔で缶ビールを飲む母を見ることができた。母親としてはあまり褒められた姿ではないのかもしれないけど、私はその姿をかっこいいと思っていたし、好きだった。

完璧な母親を演じることができるのは、夫がいて、しかも生活に余裕のある人だけだ。私はそれを理解していた。母の大雑把さや、がさつさをいやだと思ったことはなかった。むしろ多少大雑把でも、女を捨てて、弱いところを見せずに私をここまで育ててくれた母を尊敬していた。

その母が、九歳も年下の男の人を連れてきて、結婚したいという。

男の人は小倉さんといった。小倉靖幸。

小倉さんはスーツを着、菓子折りを持ってやってきた。十六の小娘の私に向かって、律儀《りちぎ》にも「お母さんと結婚させてください」と頭を下げた。まるで結婚相手の父親に挨拶するときのように緊張して、大汗をかいていた。連れ子のあおいという女の子はヨーグルトみたいに色が白く目がくりくりして、天使のようなかわいさだった。ハローキティのトレーナーを着ていた。彼女はお父さんが頭を下げるのを見て、それをマネしてみせた。

私はその場で「よろしくお願いします」と言った。再婚に反対する理由はなかった。見知らぬ人間が同じ屋根の下で暮らすのは簡単なことではないだろうけど、母が選んだことなのだから、育ててもらった私が反対するのもおかしな話だと思ったから。それに、母が連れてきた人はとても真面目で優しそうだった。なんとかなると思った。

ここからは早くて、母は持ち前の決断力を発揮してあっという間に建売の一軒家を購入し、籍も入れ、二人が初めて挨拶に来た一か月後には私たちは新たな生活をスタートさせていた。

母はそれまで長らく勤めていた銀行を辞め、時間に融通の利く、平日昼間だけのパートを始めた。新たに自分の娘になった女の子のために、母親の役割をしっかりこなそうと思ったのだろう。それはいいことだ。私にしてあげられなかったことを、この子のためにやってあげればいい。私はそう思った。

でも、実際に新生活を始めて、母が母親の役割を演じる——本人に演じているつもりはないのだろうが、私にはそう見えた——のを目の当たりにしてみると意外にきつかった。妹に母親をとられたような気がした、というのではない。違和感に耐えられなかったのだ。

　がさつで、ろくに千切りもできない母が、レシピ本を買ってきて名前も聞いたことのないようなカタカナのものを作ろうとしている。台所には数種類のスパイスが並び、みそ汁の具は毎日変わった。夜中に缶ビールを飲む姿も見かけなくなった。洗濯物を不器用な手つきでちまちまとたたむ母の姿は、私の目には妙な気持ち悪さを伴って映った。

　それから何を思ったのか、母はそれまでまったくしなかった化粧を始めた。

　妹の授業参観が五月にあり、その二日後のことだった。朝起きたらデスノートの白い死神が台所にいた。私は悲鳴を上げた。授業参観でほかの家の若い母親たちを目の当たりにして触発されたのだろう。頼むから勘弁してくれ。迷走する母を私は見ていられなかった。

　母は、あおいに対してはとても甘かった。この新しい家庭をうまくやっていくためにはあおいとの関係が最重要だと考えているようだった。ことあるごとにあおいを褒めては頭を撫でた。あおいの「おかあさん」であろうという意識が見えすぎて、それが気持ち悪く思えた。無理をしているのがわかるから、余計にそう感じるのだった。

　私は母の、新たな家庭における母親としての努力を素直に受け入れることができなかった。張り切り過ぎているなあとほほえましく思うことさえできなかった。違和感しか抱けない。

あおいはあおいで不思議な子だった。六歳の子どもにしてはしっかりし過ぎているのだ。

何も言われなくても靴はそろえるし、手は洗うし、学校から帰ったらいちばんに宿題を片づける。わがままは言わず、礼儀正しい。一緒に暮らし始めたその日から私のことを「おねえちゃん」と呼んで無邪気にふるまった。でも本当の無邪気という感じがしなかった。すねたり言うことを聞かなかったりということが皆無で、子どもらしくない。かといって大人ぶったり生意気だったりませていたりということもない。完璧にいい子だ。それが不気味だった。犬の小便も手際よく片づけてしまう。私はいまだにあおいのことを妹だと思えたことがないし、妹だと思いたいとも思えたことがない。「あおい」という三文字を口にするのも躊躇してしまう。

父親の靖幸さんは真面目で優しいという最初に会ったときのイメージどおりの人だったが、いつまでも私に気をつかって申し訳なさそうにしているので、なじむきっかけがつかめなかった。もっと、堂々とふるまってくれたほうが私としては気が楽なのに。

新しい家は、私にとっては違和感と不自然がつまった箱みたいなものだった。私はできるだけ、四人全員がそろう空間を避けて生活した。

週末をはさんで登校すると、三原美子《みはらよしこ》が話しかけてきた。

「小倉さん、進藤にふられたでしょう。私、聞いてたのよ」

三原美子は出っ歯で声がガサガサで友達がいない、というか、クラスのほとんど全員から避けられている不細工な女だ。あと、しゃべりかたがおばさんぽい。

彼女に話しかけられるのはこれが初めてだった。初めて話しかけられる人に「ふられたでしょ」と言われるのも初めてだった。

「小倉さんならもっといい人と付き合えるわ。絶対そう。進藤なんかふられて正解ね。うん、正解」

三原美子は、あの沖縄の宿舎での私と進藤君の会話を聞いていたらしかった。そういえば、近くにこの出っ歯があったような気がする。周りが騒がしかったから聞かれていないと思い込んでいた。不覚、と私は思った。ふられて正解、と何度も彼女は繰り返した。進藤なんかと付き合わないほうがいいよ、ほんとふられて正解。

失恋した私を慰めるという体《てい》を装って私をあざ笑いおもしろがろうという心理が透けて見えた。なるほどこれなら人に嫌われるだろうし、この外見の醜さは内面の醜さが反映された結果なのか、と私は納得した。美子じゃなくてブス子。

「落ち込んでちゃだめよー。小倉さんならもっといい人をつかまえられると思う。ていうか私ね、小倉さんとはなんとなく波長が合うと前から思ってて」

ブス子は何かを勝手にしゃべっていた。おまえみたいな内も外も不細工な女と波長が合うわけねーだろ。しかし口には出さなかった。迷惑のニュアンスを滲ませた苦笑いを浮かべるにとどめた。ブス子は好意的な笑顔と受け取ったのか、ますます何かしゃべった。

やがて始業のベルが鳴り、最後に「小倉さん、ほんとふられて正解」とさらに重ねて言い残し、自分の席に戻っていった。ほんの数分の間に「ふられた」と二十回は言われた。

進藤君は修学旅行前となんら変わらないトーンで私に話しかけてくれた。

「小倉さん、土日は何してた?」彼はにこりと羊的に柔和な笑みを浮かべた。

あ、やっぱり好き。

休み時間は進藤君となんでもない会話をして過ごした。修学旅行でのことなど、なかったかのように自然だった。私たちのことを教室の対角線から三原美子がじっと見ていた。今日は一緒に帰れないの? と進藤君に聞くと、えーと、明日なら、と彼は言った。

私はひとりで帰った。

帰宅すると、母とあおいがいそいそと出かける準備をしていた。あおいをピアノ教室に連れていくところのようだ。ピアノ教室。いかにもで辟易《へきえき》する。

「おかえり。ちょうどよかった。暗くならないうちにキティちゃん散歩に連れてってといて。リードはつけといたから。十五分も歩けばいいから」

と言い残して母は私と入れ違いにあおいを連れて出ていった。いってきます、と言うのをあおいは忘れなかった。いやいやいや。散歩？　この性悪犬と？　私が一対一で？

犬は、リードをつけられた時点で散歩に行くことを理解しているのか、玄関先で待機してきゃんきゃんと吠えた。早くしろと言っているのだろう。鼓膜を通り越して神経を直接刺激する不快な鳴き声。

私はいやいやリードをもって玄関の扉を開け、外に出た。

犬は自分に決定権があるというように率先して私を引っ張り、前へ前へ進もうとした。しかし蹴とばせば十五メートルは飛ぶ（たぶん）くらいの体重しか犬にはない。実質的な決定権は私にあった。それを示す必要もあった。私は犬を引きずるようにして犬の行きたがるのとは反対の方向へと歩き出した。犬は窒息しないか心配なほど私にあらがった。力でかなわないことがわかると、きゃんきゃん、いや、ぎゃんぎゃんと吠えまくった。

「うるさい。吠えるな犬」

ぎゃんぎゃん！

「黙れ。せめて日本語でしゃべれバカ犬」

ぎゃんぎゃん！

「おまえの名前、子猫って意味だからなマヌケ犬。しかもどっちかと言えば女の名前だからな」

犬は股に何かついているからオスだ。

犬と口げんかしていたら、通りかかった若い男に笑われた。どこに歯茎をむき出しにした飼い犬に吠えられながら立ち往生する間抜けな飼い主がいるだろう。

「恥ずかしいだろアホ犬っ」

ぎゃんぎゃん！

「……だから、日本語でしゃべれよ」

結局私は犬に負け、犬の歩きたいように歩かせてやった。このまま吠えられ続ければ、町の笑いものになってしまう。

犬に引っ張られ歩きだす。小刻みに揺れる尻についていく。

こうして見ると犬の歩幅は驚くほど小さい。私が一歩あるく間にトトトトト、と左右合わせて五回は短い脚を回転させる。百メートルを走るオリンピック選手より速い脚の回転だ。そんなに速く脚を動かして疲れないのかと思ったが、これがこの犬の通常らしい。

トトトトト、トトトトトと歩いてはたまに私を振り返り、ちゃんとついてきてるかな下僕は、という表情でニヤリと笑う。こざかしいことこのうえない。たまにリードに力を入れて後ろに引っ張ってやると、グルルルルとライオンのように凶悪な声を出す。

犬は気まぐれに道を選んでいるように見えて実は道をわかっているのか、家を出てから二十分ほどでちゃんと家に帰ってくるように歩いた。日本語と犬語でけんかしていた時間を除けばちょうど十五分ほどだ。悔しいが賢い犬であることは間違いなかった。

家に帰ると犬の足を拭いた。犬はさも当然のように私に足を拭かれていた。王様みたいな顔をしていた。

犬との散歩に疲れてぐったりしていると、やがて母とあおいがピアノのレッスンから帰った。夜の七時には父親も帰宅した。夕飯になった。牛肉の塊を薄くスライスしたものが食卓に並んでいた。うちの母親がローストビーフ？　こんなのはギャグとしか思えない。昼間のうちに仕込んでおいたのよ、と母は言った。やはり口紅がしっかりひかれている。

肉にかかっていたソースは酸味のきいた複雑な味で食べ慣れなかった。鶏肉をフライパンで焼いて塩コショウをかけただけという以前の母の手抜き料理が恋しかった。

あおいは食卓で今日学校であったことを話した。母親と父親はそれを聞いて穏やかに笑った。家族の食卓とは？　という問いに対する模範解答のような光景。でも、こんなふうに、理想的に理想的な家庭を、私の母がいつまでも続けられるとは私には思えなかった。少なくとも、こんなのは私の知っている母親ではない。

早々に席を立ち、長い風呂に入った。一時間湯船につかり、三十分シャワーを浴びた。タオルで髪を拭きながら脱衣所を出てリビングへ行くと、ソファに三人で座る親子の姿があった。あおいは実の父親と新しい母親に挟まれて、ちんまりと座っていた。あおいの膝の上には犬がいた。三人と一匹は、TSUTAYAで借りてきたジブリ映画を見ていた。トトロのお腹の上でメイちゃんが寝ていた。これも不自然なくらい家庭的な光景だった。もしかしてと私は思った。――もしかして、これは本当は不自然ではないのではないか。この家の完成形は、いま私が見ている光景――私を除いた三人――なのではないか。

これを不自然だと思う私の存在が不自然で、彼女ら、母と父親とあおいは、私がいなければなんの違和感もなく、現実感のない絵に描いたような理想的な家族としてやっていけるのではないか。つまり、この家にとって、異物が混じっているとすればそれは私なのではないか。

突然、犬が妹の膝から飛び降りて玄関のほうへ走っていった。

「ああ、トイレね。みさ子、外に出してあげて」と母が言った。

犬はトイレを外でするようにしつけられている。家人《かじん》がいるときはトイレに行きたくなると外に出せと主張する。私は玄関を開けてやった。

犬はトトトと外へ出ていった。車が来たときに危ないので、私も続いて外に出る。

犬は地面をふんふんと嗅ぎまわって電柱の下で小便をした。それから脚を高速回転させて、堂々とした足取りで家のほうへ歩いていった。リードがついていないのに脱走したりせず、短いしっぽをぽやぽやと揺らして玄関の階段をのぼり家の中へ戻っていく。

そのトコトコしたオモチャっぽい足取りの後ろ姿を見ながら、ああ、この犬は私より百倍、自信をもってこの家に帰っているのだと感じた。この家を、百パーセント自分の家だと認識している者の迷いない帰り方だった。「ただいま」とは言うものの、あまりただいまとは思えない私なんかより、よっぽど犬のほうが上手に家に帰っていく。やはりここはもう私の家ではない。母と、あおいと、あおいの父親と、そして犬の家だ。

3

ふられはしたものの、進藤君への恋心はやむことがなかった。

あれからも進藤君は私と一緒に帰って、私のおもしろくない話をきいてよく笑ってくれたし、優しかった。手もつないだしキスもした。こんなに優しいのだから、私のことを嫌いではないはずだ。いつかは恋人になってもいいと思ってくれるのではないか？そういう期待を私は進藤君に対して抱き続けていた。

犬が家に来てから一か月がたっていた。

犬は、私が学校から帰ると私に突進して頭突きをし、「散歩に連れてってやる」と言う。「散歩に連れていけ」ではなく「散歩に連れてってやる」だ。

犬は自分のことを犬ではなく人間だと思っている。私のことを飼い主ではなく下僕だと思っている。だから私が犬を連れて歩いているのではなく、犬が私を連れて歩いているという認識で犬は歩く。

犬の態度に腹が立ったとき、私は犬のことを子猫ちゃんと呼ぶ。すると犬は激烈に怒った顔をして私の足に頭突きをしてくる。

「おまえ、いつも家で子猫って呼ばれて喜んでんじゃん、犬のくせに」

ぎゃんぎゃん！　そして頭突き。

「犬のくせに子猫だってさ、ダサい名前」

そして通行人に笑われる。どうも、この犬を前にすると私はマヌケになる。

「おい犬、うちの母親はどうしちゃったんだよ。あれって無理してないのかな。それに、あおいさ、いい子すぎて気味が悪いんだけど。これって私がうがった見方してるだけ？　あの家、気持ち悪くていられないよ。おまえみたいに堂々と帰宅できない。私の家だと思えない」

犬は頭突きをやめ、飽きたから歩こ、というように歩き出した。

「おい聞いてんのかよ犬。人間の言葉理解してんだろ」

私は犬の尻に向かって話した。

「おまえ、私にとどめを刺しに来たんだ。安心しろよ。私、高校卒業したらあの家出てくから。東京の大学行って、そのまま向こうで就職する。もうあの家には帰ってこない。おまえの勝ち」

犬に向かって愚痴をこぼすなんて私も落ちぶれた、と思っていると、前方からブス子がやってきて鉢合わせした。

「あっらー小倉さん、わんちゃん飼ってたの」

ブス子は私の失恋を知ったことで弱みを握ったとでも思っているのか、学校でも毎日のようになれなれしく話しかけてくる。そういうところがブスだな、と私は思う。あと、わんちゃんという言い方がブス子には絶望的に似合わない。

「うちも犬飼ってるのよ。マルチーズ。この子なに？　ヨークシャーテリアかしら？」

犬種は何かと何かの掛け合わせだと聞いたけど、覚えていなかったので知らないと私は言った。

「ねえ小倉さん、もしかしてまだ進藤のこと好きなの？　ふられたんだからもうやめたほうがいいんじゃない？　絶対よくないよ」

学校でもそうだが、ブス子はしつこく進藤君の話題を振ってきた。ブス子は私が進藤君と話をしていると、遠くからじっと見ていることがあるので気味が悪い。もしかすると、彼女も進藤君が好きなのかもしれない。ブス子はブスだからライバルにもならないけど。

じゃあ、と言って会話を終わらせ、私は犬を引っ張って、というか引っ張られて帰った。

その翌日のことだった。学校から帰るとあおいが青ざめた顔でリビングのソファに座っていた。具合でも悪いの、と聞くと、あおいは無言で首を横に振った。

犬がトトトとやってきて、いつものように足元をうろうろした。あおいは犬を見て変な顔をした。何か目くばせのようなものをした気がした。それにどういう意味があるのかはわからなかったが、やはり様子がおかしかった。具合が悪いのを隠しているのではないかと思った。以前にもそういうことがあった。あおいには、家族に心配をかけないようにするためなのか、ちょっとしたけがや不調を隠そうとするところがあった。まだ小一のくせに。

私は母に電話をかけた。

「もしもし。あおいが具合悪そうなんだけど、医者でも連れてったほうがいいのかな」

母は買い物に行っているところだった。二十分前に家を出るときはそんなことなかったんだけど、と母は言った。十分後には軽自動車のドアを閉める大きな音がした。理想の母親ぶっていても、こういうがさつさはなかなか抜けない。

「あおい大丈夫？　あおい」

予想はされたけど、大袈裟《おおげさ》なほど母はあおいのことを心配して、引き出しからバタバタと保険証を取り出した。あおいは何も言わず、ただ青い顔で体をかたくしていた。

さあ行きましょう。母がむりやりあおいの手を引っ張ったところでインターホンが鳴った。なによこんなときに。母は足早に玄関へ向かった。あおいの目に絶望的な色が浮かび、それから目のふちにみるみる涙がたまり、ポロリとこぼれた。

玄関から、「ええっ」という母の声が聞こえたので見に行くと、そこには近所でたまに見かける、人のよさそうな顔のおじさんがいた。何事かと思って話を聞いていると、次のようなことだった。

夕方、車を運転していて、お宅の家の前の道路を通った。すると、いきなり女の子がボールを追って飛び出してきたので慌ててハンドルを切り、避《よ》けた。その拍子に道のわきの電柱に車をこすってしまった。

そんなようなことをおじさんは言った。

母は申し訳ありませんと頭を下げ、「すみません、弁償を……」と言った。

「いやいや、もともとボロだからそれはいいんだけど、いちおう家の人には言っとかないといけんかなと思って。娘さん、転んだりはしてなかったからけがはしてないと思うけど、大丈夫そうですか。飛び出しは危険だよと注意だけはさせてもらったんだけども。

このへん、車けっこう通るから気をつけないと」

それだけ言っておじさんは帰っていった。今後事故が起きないように、という親切心で来てくれたようだった。

母は静かにリビングに戻ってきた。たぶん、たいして怒りはしないだろう。今度から気をつけるのよ、と甘ったるい声で言って、また頭を優しく撫でて終わりだ。

母は音もなくあおいのもとまで歩いていき、私の目の前で彼女の頭に握った拳《こぶし》をごちんと振り下ろした。「あぶないじゃない！」

あおいは硬直して、それから静かに体を震わせ、最後にびえーと言った。

「家の前は車が通るから気をつけてって言ってあったのに、何してたの！」

あおいは、幼稚園児でもここまで泣かないぞというくらい顔をしわくちゃにして、泣き止まなかった。赤ん坊のようだった。でも母は手加減しなかった。泣いてないで答えなさい、と言った。

「そ……とで……、キ、キ、キ……ティと……ボールで、あそ……んでた」

ヒックヒックと声を裏返しながら、あおいは言った。

怒られてびえびえ泣くあおいの口から自分の名前が出ても、犬はどこ吹く風という様子でいつものようにリビングをうろうろしていた。

「あおいは勝手にキティを外に出しちゃダメって言ったでしょ！」

もしかして、いつもひとりのときを見計らって外でボールを使って犬と遊んでいたのか、と母はあおいに聞いた。あおいは泣きながら、「ご……めんな……さい」と故障したスピーカーを通したようなぐちゃぐちゃの声で、しゃっくりをしながら言った。またげんこつが落ちた。

「なんで黙ってたのよ！」

「お……こられる……とおもっ……て」

私は、あおいが母にこてんぱんに怒られるのを見ながら、あおいにも言いつけを破るような子どもらしいところがあったのか、と意外に思った。少し安心したような気もした。

この日の夕飯、母はあおいに対しての怒りを表明するためか、この家に移り住んで初めての手抜き料理をした。ご飯と、豆腐とねぎだけが浮かんだみそ汁と、千切りとは言えない千切りキャベツにマヨネーズがかかったものが豪快に食卓の真ん中に置かれた。涙の跡が消えないあおいと、妻の本気の怒りを初めて見て神妙な顔をする父親と、怒りで憤然《ふんぜん》とする母とともに、お通夜のような静けさの中で私たちは夕飯を食べた。無言の食卓にはこれ以上ないくらい気まずい雰囲気が漂っていた。でもそんなに悪い感じはしなかった。普通の家族なら、こういう日だってある。なければおかしい。私はキャベツをおかずにご飯を二杯食べた。

犬はいつもと変わらない様子で、食卓の下にもぐりこんで四人の足を短い前脚でつついていた。

この日から母は徐々に私の知っている母に戻っていった。

料理は凝ったものを作らなくなったし、台所に並んでいた数種類のスパイスは、「これちっとも使ってないわね」と言ってほとんど捨ててしまった。洗濯物のたたみかたもおざなりになった。食後、たまに缶ビールを飲みながらテレビを見た。そんな姿は、とても母らしかった。無理がなく、リラックスして見えた。母は、本来の自分に戻るタイミングを待っていたのではないか、という気がした。

あおいにも徐々に変化が訪れた。しっかり者であることには違いなかったが、ある日いきなりピアノではなくて水泳をやりたいと言い出し、これが食べたいとか、あれがほしいとか、まるであおいではないような、普通の子どもみたいなことを言うようになった。

私の感じていた不自然さは、こんなに簡単に解消されるものだったのか、と拍子抜けした。

私が思うに、理想の母親を演じようという母の緊張が、あおいにも伝わっていたのではないか。だからあおいも緊張して、新たな母親と、新たな姉に嫌われないように、いい子にしていなければいけないと気を張っていたのではないか。あの日、母はあおいを思い切り怒って、あおいは母に思い切り怒られて大泣きしたことで、二人とも本来の姿に戻るきっかけをつかめたんじゃないか。私が抱いていた違和感は、きっかけさえあればあっさり解消されることだったのだ。

犬はだんだん私以外の相手にも本性を現し始め、あおいとしょっちゅうけんかをした。おねえちゃん、キティが〜、とあおいが泣きついてくるのが日常茶飯事になった。

それを見て、私たちは普通の家族になれるんじゃないか、と不覚にも私は思ってしまった。

＊

「おい犬、最近うち、なんか普通の家みたいになってきたんだけど。たぶん、おまえがあおいとボール遊びしてたせいだ。私、卒業しても家を出なくてすむかもしれない」

散歩中、犬の小さな尻に話しかけると、犬は聞こえないと言うように私を無視して先へ先へと進んだ。

「おまえ、私にとどめを刺して家から追い出すために来たんじゃなかったのか？」

この日の犬は、いくつかある散歩コースの中で、もっとも遠いコースを選んで歩いていた。進藤君に初めてキスをされた公園が目的地で、そこまで行って、同じ道を帰ってくるというコース。全部で三十分かかる。犬はこの小さな体で三十分も歩くのだから体力バカだ。ネットで調べたら「小型犬は室内だけでも運動は足りる」と書かれていた。家庭における悩みが急激に解消されつつあるいま、私の懸案事項は進藤君だった。進藤君との距離は縮まっているのか縮まっていないのかわからない。昨日も一緒に帰った。「また明日」と羊的に柔和な笑みとともに私に手を振ってくれた。そろそろ考えをあらためて、恋人になってくれてもいいんじゃないかと思う。

そんなことを考えながら犬に引っ張られていると、またブス子に会った。ＲＰＧをやっていて、やたらと敵に遭遇して前に進めないときのようなイライラをブス子に対して感じる。どうしてこうもしょっちゅう私の前に出現するのか。

「あっらー小倉さん、また会った。どこまで行くの？　そういえばさっき、進藤見かけたわよ」

「え、どこに！」

思わず反応してしまった。ブス子の言葉は基本的に無視と決めていたのに。

「小倉さんてほんとに進藤が好きなのねー。ふられてるのに。進藤の何がそんなに好きなの？　もしかして金髪とかピアスとか、そういうわかりやすいのに弱いタイプかしら」

進藤君はどこにいるのか、と私は聞いた。

「この先の公園」とブス子は言った。「ひとりじゃなかったけど」

　ということはたぶん、たまに話に出てくる中学時代からの親友だ。進藤君の親友ってどんな人だろう。ちょっと興味がある。

「男は中身だと思うんだけど、私。金髪にしてるのとかって、なーんか頭悪そうに見えてダメなのよね。それにしても、私がこれだけやめときなって言ってるのに一途《いちず》な人ね、小倉さんて」

　ブス子はいつものように勝手にしゃべっていた。

「おいブス子」と私は言った。「進藤君が金髪なのには理由があるんだよ」

　ブス子は泥を口に押し込まれたような顔をしたが、すぐに気を取り直して、「なに？　理由って」と言った。

　この女に、進藤君の複雑な病気のことを教えられるわけがない。

「あの人、高校上がったらいきなり金髪になってるから私びっくりしちゃった。何か理由があったの？」

「──ちょっと待って。ブス子、進藤君と中学同じなの？」

「うん」

「……なら知ってるでしょ？」

「何を？」

「病気のこと」私は声を潜めて言った。

「は？」

「ほら、色素の」

ブス子はまったくピンと来ていない様子だった。私はしかたなく進藤君の特殊な病気について説明した。説明を終えるとブス子は一瞬、間を置いてゲラゲラと笑い出した。

「色素のバランスって……」ブス子は苦しそうに笑っている。「小倉さん、そんな話にだまされてたの？　特殊な病気って。なによその設定」

ブス子は、たまらないというように吹き出しながら言った。

だまされてた？　そんなわけあるか。あの進藤君がうそをつくわけないだろう。進藤君とブス子のどちらを信じるかといわれれば、どう考えても進藤君だ。ブス子は外見だけでなく内面もブスだから、おもしろがって人を惑わせるために平気でうそもつく。進藤君を私に取られないためにうそをつくなんて、本当のブスだ。

「そんなバカな設定で小倉さんを狩るなんて、おそろしいわねあいつ。だまされる小倉さんも小倉さんだけど――」

ブス子はまた何か話しだそうとしていた。私は歩き出した。犬の足取りは軽く、私は小走りで公園へ向かった。

日が暮れて、薄暗い照明のついた公園はひっそりしていた。そんな中でも、ベンチに腰掛ける進藤君の金髪は闇に浮かび上がるようによく見えた。まだ三十メートルは先だけど、目を凝らすととなりに人がいるのも確認できた。華奢な男だなと思いつつ少しだけ近づくと、髪が長く、スカートをはいているのがわかった。他校の制服を着ている。どういうことだろう。親友はまさか女？　ちょっと待て。進藤君に、私以外に仲の良い女はいないはずだ。目の前で信じられない光景が展開された。進藤君がベンチに預けた体をぐっと起こして、女に顔を近づける。私が初めてキスをされたときと、全く同じ構図。そして私は、進藤君が私以外の女に目の前でキスをするところを見た。

そんなバカな設定で小倉さんを狩るなんて、おそろしいわねあいつ。ブス子の言葉を私は思い出していた。

一瞬ですべてを理解した。狼の皮をかぶった羊の皮をかぶった狼。猛烈に腹が立った。が、意に反して私の脚はカチンコチンにかたまり、私はまったく動けなかった。怒りより、ショックのほうが大きかった。やるせなさと脱力が体じゅうにじんわり広がっていった。

呆然としていると右手が強く引っ張られて私は体勢をくずした。犬が、進藤君のいる方向に向かって走り出そうとしているのだった。

「待て待て待て、待てって」

私は小声で犬を制止したが、犬は全然言うことを聞かない。しかしいま進藤君の前に出ていって何を言えばいいのか。私はいざというときにけっこう弱い性格をしているのだと知った。

リードをつかむ指がぎりぎりと圧迫される。こんなに強い力で引っ張られたことは、いままでなかった。一瞬、犬がシベリアンハスキーに見えた。私は犬の力にあらがえず、リードが手から離れた。

トトトトトトト、と犬は最高速回転で進藤君と、進藤君に狩られている最中の女のもとへ向かっていった。わあ、犬、という女の声が聞こえた。え、という進藤君の声も聞こえた。

犬は、彼らの足元に到達してもスピードを緩めることなく進藤君の足に頭突きをした。でも進藤君は「わっ」と言っただけで、たいしたダメージはないようだった。「かわいい～」と女が言った。どこかの家から脱走した犬が戯れにきたとでも思っているようだった。

でも三秒ほどして、進藤君の「うえっ」という悲鳴が聞こえた。「ションベンしやがった、このクソ犬っ」

その声は私の知っている進藤君の声ではなかった。とても汚い声だった。恐ろしい速さで進藤君、いや、進藤に幻滅していくのがわかった。幻滅とは、いまこの瞬間の私のためにある言葉だ。

「いってぇ！」

小便を終えた犬が、進藤の右脚に咬《か》みついた。

進藤はもう一度「クソ犬っ」と汚い声で言って犬を引きはがし、蹴とばした。犬は、十五メートルは飛ばなかったけど三メートルくらいズザザと地面を転がった。それほどダメージはなかったらしく、また立ち上がって進藤に向かっていった。

「犬っ、もういいって！」

もう一度蹴られたら犬がけがをしてしまうかもしれないと思って、私はあわてて飛び出した。

「……お、小倉さん」進藤が間抜けな声をあげた。

犬は、このくらいにしておいてやるかというようにトコトコと私のところに戻ってきた。

「え、あの……」

進藤はこれ以上ないというくらいにうろたえていて、私は本当にこの人のこと好きだったんだっけ、と疑問に思った。つい三十分前まではいつか恋人になってくれるだろうか、などと考えていたのに。

「お楽しみのところ邪魔してごめん。また明日」

私は犬を引いて、というか犬に引かれて公園を出た。

帰宅コースを、犬は何事もなかったかのように淡々と歩いた。

「無茶すんなよ。けがなかった？　三メートルくらい吹っ飛んでたぞ。ていうかなんで進藤に一直線に向かっていったんだよ」

この犬は本当に私の考えていることがわかるのかもしれない。と考えていると、犬は突然立ち止まって、さっき進藤の足にしたばかりなのに道端でまたちょろちょろと小便をした。まあ偶然だよなと私はひとりごちた。

翌日、登校してまず私がしたことは三原美子に謝ることだった。進藤は私と顔を合わせたくないのか欠席していた。

「何度も忠告してあげてるのに、あなた全然聞かないんだもの」と三原美子は言った。

「……ごめん。でも、もっとわかりやすく忠告してくれても。三原さん、顔がうさんくさいし……」

「全然反省してないわね。そうしてもよかったけど、小倉さん絶対もっと意地になったわよ。それよりブス子はヒドイと思うわ」とは言ったものの、三原美子はあっけらかんとして、そんなに気にしているふうではなかった。

「もしかして三原さんて、ふつうのいい人？」

「なによその質問。いい人よ。そうそう、うちのチーズちゃん、お友達ほしがってるのよ。今度あなたのとこのわんちゃん、えーと、名前なんだっけ」

「犬」

「は？」

「私は犬って呼んでる」

ヤダなにその名前、と三原美子は言った。それから、

「今日いっしょに散歩しましょうよ」

と提案された。面倒くさかったけど、三原美子には申し訳なさでいっぱいだったので付き合ってあげることにした。

放課後、三原美子が公園に連れてきた真っ白なマルチーズは三原美子と違ってかわいかった。ぬいぐるみそのものだ。

「この子、メス？」

そうよ、と三原美子は言った。

「ふーん。犬、この子、メスだって」

犬は「余計なことを言うな」というように非難がましく私を見てきた。毛が覆いかぶさっているせいでどういう目をしているかこちらからはわからないのに、だいたいこいつの感情がわかるから不思議だ。

チーズちゃんは犬と同じくらいの歩幅でトコトコと歩いた。犬のことをけっこう気にしているみたいだ。顔を近づけて何かしらの会話を試みようとしている雰囲気がある。

「あらチーズちゃん、犬ちゃんのこと気に入ったみたいよ」と三原美子が言った。

「……犬ちゃんはおかしくない？」

そうかしら、と三原美子は言った。

チーズちゃんが積極的にアプローチしてくれているのに、犬はクールを装って、前だけ向いて寡黙に歩く。

「子猫ちゃん、照れてる？」と私は犬の尻に声をかけた。

犬は振り返った。ぎゃんぎゃん！

「恥ずかしいだろ。いいかげん飼い主に吠えるのやめろよ、キティ」

犬はぴたりと吠えるのをやめ、意外そうに首を傾《かし》げた。それからまんざらでもないような顔をして、短い脚で歩き出した。

ストーリーテラー

1

前に座る男の服が不快だった。サイケデリック調というのだろうか、極彩色の、虹を攪拌《かくはん》してできた複数のまだらな色の塊が無秩序に渦巻いたような柄のTシャツ。

男は居眠りをしているのか、裾を刈り上げボウル状にカットし金に染色された頭を数秒おきにかくかくと揺らしていた。

教授は三十人ほどが聴講できる小さな講義室前方の教壇に立っている。僕たち聴講生の手元には授業の冒頭に配られたA5サイズのレジュメがある。この教授が配るレジュメはなぜかいつもA4ではなくA5だ。彼はそれを基本的な資料として、必要なことをホワイトボードに板書しながらココを見ろソコを見ろと指示しつつ講義を進める。が、僕はレジュメにも彼の話にも興味はない。

僕が興味を持っているのは辻崎《つじさき》さんだ。彼女の背中は美しい。僕は講義中の九十分間、ずっと視線を固定していたい。三つ前の席の、斜めの位置にある辻崎さんの細い背中に。黒くつややかな髪の毛に。かすかに見える右あごの涼し気なラインに。

僕の視線と辻崎さんの清楚《せいそ》な背中を結ぶその間には極彩色がいる。位置からいって、僕が辻崎さんを見ようとする限り、必ず同時に攪拌された虹の渦を視界に収めていなければならないことになる。赤青緑黄橙紫水色桃色。どうしてこんな色柄の服を着る必要があるんだろう？　目がチカチカする。

講義室後方の窓から強い西日が差して、攪拌された虹の渦と金色の髪の毛を照らした。反射した光といくつもの色が奇妙な具合に混ざって僕の目を刺した。辻崎さんの姿がかすむ。脳味噌の中心から冷たいものが込み上げる。鉛筆の先を思い切り極彩色の背中に突き立てたい衝動に駆られた。

目をつぶって深呼吸し、どうにか衝動を収めることに成功すると、それが再燃しないように、僕はこの講義中、辻崎さんを見るのをあきらめることにした。辻崎さんをもっと近くに感じるチャンスは他にいくらでもあるのだから、断腸の思いではあるが、まあいいだろう。

教授が何かしゃべっているが僕には理解できそうもなかった。といって、もとより理解しようという気も、聞く気もない。

辻崎さんを見ること以外に僕がここに座る目的は存在しない。途端に手持無沙汰になってしまった。僕は手持無沙汰なときにいつもそうするように、手元のレジュメをひっくり返し、裏の白紙の面を出してそこに「あ」と書いた。次に「い」「う」「え」「お」。

そして「か」「き」「く」「け」「こ」「さ」「し」「す」……。

五十音をすべて書き終え、「あ」から「ん」まで、一文字ずつ点検していく。気に入らなかったいくつかの字をピックアップして、もう一度、ゆっくりと、形を確かめるように丁寧に書いていく。ひらがなを上手に書くことは、僕にとっての至上命令だ。

ひらがなを書くうえで重要なのは曲線と直線のバランス、そして折れの思い切りのよさだ。「お」を例にとるとわかりやすい。

一画目はやや右肩上がりの単純な直線に過ぎない。特筆すべきは二画目。縦の直線を書き、よいところでぐっと折り返して、そのまま左斜め上方向へ鉛筆を滑らせ、もう一度折れ、そして大胆な曲線へ。直線、折れ、曲線と、ひらがなを構成する三つの要素が流れるような自然さでつながっていく。とくに切れ味鋭い折れから柔らかな丸みを持った曲線への移動が素晴らしい。

ひらがなの曲線には無限の可能性がある。ふくらみ方やカーブの角度の違い、鉛筆の芯の丸みの具合が、書くたびに微妙に異なる揺らぎを生む。その揺らぎが有機的な美しさを生み出す。ほとんど芸術と言ってもいい。

僕はそういうひらがなの芸術性を意識して、もう一度、「お」を書いた。でも曲線のダイナミズムを過剰に意識したせいか、二画目の書き終わり直前のふくらみが少し大仰になり、向かって右の頬だけ虫歯で腫らしたアンバランスなしもぶくれ顔のような文字になってしまった。細かいことを気にしない人間ならばとくに文句はないかもしれないが、僕からすると、この文字はアウトだ。

ひらがなにはたしかに芸術性を伴う美しさがある。しかしそれをことさら意識すれば、不自然さが生まれる。ひらがなの芸術的美に対する高揚に心を乱されることなく、あくまで平静を保って鉛筆を動かすことが肝要だと僕は再認識した。

いくつか書いて満足のいく「お」を生み出すことができた僕はそれをしばらく眺めて、次に「き」に挑戦した。書けば書くほどに細部が気になりだし、気に入ったバランスのものを書くのに二十一回も書かなければならなかった。次に「せ」。その次に「た」「と」「な」……。

気づけばレジュメの裏面のほとんどの部分がひらがなで埋め尽くされていた。ひらがなを書いている最中は、心が温かくなって幸せな気持ちになる。もしかしたら僕はいま、笑っているかもしれない、と思う。

途中で一度、鉛筆をカッターナイフで削った。

僕はシャープペンシルを使わない。シャープペンシルの細く均一な芯で書かれた文字はどこか無機質で、ひらがなの美しさを表現するのに適さない。ひらがなにおいて重要なのは、人間の手と鉛筆の不均一が生み出す有機的な揺らぎなのだ。

書くスペースがなくなると、自分で書いたひらがなとひらがなの隙間を縫って、そこにさらに小さなひらがなを書きつけていった。「あ」の二画目と三画目のカーブでできた囲いのような部分にさらに小さな文字を書くようにして。余白がなくなると、ひらがなの上に重なるようにひらがなを書いた。鉛筆の芯と紙の摩擦が生み出す乾いた音だけが耳の内側で響いている。僕自身が、Ａ５の紙の上に放り出されたような感覚。いま、僕は、とても集中しているという感じがする。

やがてレジュメの裏面が僕の書いたひらがなによってびっしりと隙間なく埋め尽くされた。部分的に、鉛筆の芯が粉になって紙の上に浮き、黒光りしている。

自分の筆跡によるサイズの異なるひらがなが密集している様は、まるで大小の様々な虫が狭い箱に閉じ込められて蠢《うごめ》いているみたいに見えた。でも不思議と嫌悪は感じない。それはともかく、まだあと「む」「め」「や」「る」「を」を練習したいのだが……。

こうなってくるともう余白などは関係ないような気分になり、僕は、自分が書いたひらがなの上から、残る五つのひらがなを書くことに決めた。

と、不意に真っ白な紙が目の前に出現した。その紙は誰かに持たれている。紙を持つ手の先をたどる。そこには金髪に極彩色の服を着た男がいた。一瞬、混乱し、少し考えて、講義中だということを思い出す。辻崎さんの背中を眺めるという目的を持って、僕は五限の対人行動論に出たのだ。人文学部棟２０４講義室。

僕は男の向こうにある辻崎さんの背中を再度確認した。彼女はペンを動かして何かをカリカリと書いている。一度手を止め、髪をかき上げた。右耳の上部の丸いカーブが一瞬だけ見え（彼女の耳は丸みを帯びた、ちょうどひらがなのような柔らかく美しい形をしている）、はらりと髪が落ちてまた見えなくなった。母親の腹の袋から顔を出してすぐに隠れるカンガルーの子どもを僕は連想した。あの後ろ姿なら何十分でも見ていられる。でもいま僕に向かって紙を差し出している男の頭の色と服の色柄と西日の混ざり具合が嫌な感じで、僕はやむなく辻崎さんの背中を見ることをあきらめたのだった。そして手持無沙汰になった僕は、いつものようにひらがなに没頭したのだ。

手元のレジュメがひらがなの集合体で黒くなっている。僕が書くひらがなは上手で、美しいと僕は思う。辻崎さんの耳と同じくらいに。右手と頭が鈍く痺れている。辻崎さんは、僕が書くひらがなが美しいことを知っているだろうか？　いや、知っていなければ、おかしい。

僕は腕時計に目をやって時間を確認した。講義終了まであと五分。ということは、いま極彩色が僕に向かって差し出しているこの紙は、講義への出欠確認と感想、質問を兼ねて配られたコメントペーパーだろう。

極彩色は僕がちっとも紙を受け取らないことに苛立ったのか、放るようにそれを机の上に置くと、隣の女の肩を叩いて、親指で僕のほうを指し示した。見ろよ、と言うように。

女は、僕が真っ黒にしたレジュメの裏側を見て、ひきつったような顔で僕の顔を一瞥し再び前方に視線を戻した。男に向かって小声で何か言った。やば、と言ったように聞こえた。頭の悪そうな女だと思った。女の髪は男とは対照的に不自然なほど真っ黒で、唇と目の下が、これも不自然なほど赤かった。耳たぶに穴が開いていた。この女の後ろ姿は、金をもらっても十秒と見ていられないだろう。

僕は授業の感想を適当にでっちあげて書いた。

コメントペーパーが黒く汚れたので右手を見ると、小指側の側面が真っ黒になっていた。ペーパーに移った汚れを消しゴムできれいにしようとしたが、消しゴムの質が悪いのか、引き伸ばされて余計に汚くなるだけなのが腹立たしい。この消しゴムはあとで捨てようと決めた。

記入を終えた学生から順に教授に提出し、講義室を出ていく。

辻崎さんはそれを教授に渡すとき、丁寧に頭を下げた。

このあと、彼女は十八時からチェーンの定食屋でホールのアルバイトが入っている。家には帰らず直接自転車でそこへ向かうだろう。僕も十九時から、レンタルビデオショップでのアルバイトのシフトが入っている。その前に部屋で一休みしたい。

僕は辻崎さんの二人ほど後にコメントペーパーを教授に提出し、外に出た。

右手と頭の痺れがしばらく消えそうになかった。

＊

肩掛け鞄を下ろして白いカーペットの上に膝を抱えて座り、一息ついた。

1Kの学生向けアパート。

四畳の台所と六畳の居室にユニットバス。居室にはベッドとローテーブルと座椅子代わりに置かれた大きなグレーのクッションがある。それは巨大なマカロンのような形をしている。壁際には小さな本棚とテレビと小物入れ。昨晩焚《た》いたアロマキャンドルのかすかに香る甘い匂いが心地いい。

一人暮らしの、贅沢を望まない、たとえば僕のような学生が暮らすのに、これ以上過不足ない生活空間はない。築年数はだいぶ経過しているし、外階段を誰かが上り下りすれば足音が部屋まで響くが、それを気にしなければ慎ましい学生生活には最適の物件だ。しいていえば玄関の戸の鍵の作りが粗末なので、セキュリティ面で不安があるということだけが難点ではあるが。

二十歳《はたち》前後の若者が集う大学という場所は、この世で最も劣悪な環境だと僕は思う。雑多で、不快なものであふれている。たとえば講義が始まる前の大講義室などは最低だ。学生たちのしゃべり声、生協で買った総菜パンの袋を開ける音と匂い、スナック菓子を食べる咀嚼音など。極彩色のようなわけのわからない服、髪色の人間だっている。そういういろいろがひとつの区切られた箱のような空間に押し込められて一体となっているという状況が、僕にはとてつもなく気持ちの悪いものに思える。そして自分がそこに含まれているという事実が何より耐えがたい。自分と同年代の人間が密集している空間が昔から嫌いだ。

喉が渇いていることに気がついた。思えば、対人行動論の講義に出ているときからずっと、喉が渇いていたような気がする。

立ち上がって台所へ行き、少し迷って冷蔵庫を開けた。中に二リットルの緑茶のペットボトルが入っていることを確認した。中身は四分の一ほど残っている。緑茶のほかに飲み物はない。食材は卵とバターとヨーグルトときゅうりと鶏むね肉だけ。

冷蔵庫を閉め、居室に戻って鞄を開けた。昼間買った五百ミリリットルのペットボトル飲料の飲み残しが入っていることを思い出したのだ。

半分ほど残っていたスポーツ飲料を飲み干し、飲み干してから、自分は緑茶のほうが飲みたい気分だった、と思った。でも冷蔵庫の緑茶は残しておいたほうがいいだろう。

再度カーペットの上に膝を抱えて僕は座った。閉め切った部屋は空気がこもっていて蒸し暑いが、冷房はつけなかった。

そのままの姿勢でしばらくじっとする。カーテンは閉め切られており、日差しは入ってこない。

無音の部屋で、ありがとう、と言ってみた。

数分の後、白いシンプルな壁掛け時計で時間を確認し、荷物を持って立ち上がり部屋を出ることにした。そろそろアルバイトへ向かわなければならない。

本当ならあと一時間ほどゆっくりしたかったが文句は言えないだろう。学校からアルバイトまでの間に数分間でもこうして休息をとり、心を落ち着かせることができるのは、とても助かることだ。

バイト先は、僕にとって、大学よりはマシな空間だと言える。しかしそれは大学に比して、というだけの話で、心地のいい空間というわけではない。終始オリコンヒットチャートが流れている。ＣＤや映画のＤＶＤを借りていく連中はたいてい脳味噌を半分どこかに置いてきたような顔をしている。週に何度も来店してテレビアニメのＤＶＤを必ず五本ずつ借りていく頬のたるんだ中年の男がいる。おまえはアニメのＤＶＤを借りることしか能がないのか？

大学という不快な箱から間を置かずアルバイトに行ったのでは苛立ちを消化する時間が取れず、とてもじゃないが体が持たない。だからこうして、この慎ましく清潔な部屋でアロマキャンドルの香りを楽しみながら束の間《つかま》の休息をとれることに、僕は感謝しなければならない。

スニーカーを履き、玄関を出て鍵をかける。鍵をかけたあとも何度かドアノブを回して、確実に閉まっているか確認する。

外階段を下りるときには、できるだけ足音を立てないように気をつける。上るときも同様だ。自分が部屋にいるときに外階段を乱暴に上り下りされるととても気に障るし、落ち着かなくなることを僕はよく知っている。だから逆の立場でも住人に対する配慮を忘れない。

外階段を下りてすぐに、おそらく小型犬のものであろう、耳にキンキンと響く甲高い鳴き声が聞こえてきた。角の向こう側からだ。

数秒して犬が現れた。洋風の毛の長い小さな犬だった。洋風の毛の長い小さな犬が例外なくそうであるように、その犬は幼児の拳ほどの歩幅でちょこまかとせわしなく歩いた。犬を連れているのは若い女だ。顔つきから察するにおそらく高校生だろう。彼女は不機嫌な顔でリードを持っているが、それはきっと自分の飼い犬の吠え声のうるささにうんざりしているからに違いない。少なくとも僕があの犬の飼い主だったら、散歩に連れていくときに不機嫌にならずにはいられない。

犬を連れた女子高生と僕との間には三十メートルほどの距離があり、そのちょうど中間地点で杖《つえ》をついた老人が歩いていた。犬は老人とすれ違う際、やはり吠えた。女子高生は老人に対して申し訳なさそうに頭を下げてリードを引っ張り犬を急《せ》かした。あの犬は人間とすれ違うたびに吠えると決めているのだろう。僕は犬が嫌いだから横道に逸れたかったが、残念ながら横道はない。

徐々に犬との距離が近づき、女子高生はすでに申し訳なさそうな顔をしていた。道幅は狭い。僕は体を小さくして道の右側を歩き、女子高生は反対側の端を、リードを短く持って近づいてきた。犬は姿勢を低くし上目づかいで僕を睨みつけながら（人間で言うところの前髪もしくは眉毛に当たる部分の毛が長いのでこちらから目は見えなかったが、なぜか気配でそれがわかった）ちょこちょこと歩いてくる。喉の奥からうなるような低い音が漏れている。

やがて僕たちの距離は五メートルほどに差し迫った。この近さで見ると、犬は、妙にものをわかったような顔をしているというか、いやに人間臭い顔つきをしていて気味が悪かった。いや、人間臭いというより、ほとんど人間の顔だ。顔中に毛は生えているし、耳は犬の耳だし、つまり各パーツは百パーセント犬のものだが、表情がまぎれもなく人間のそれだった。それも、ただの人間ではなく、他者への観察と洞察に長けていると自負している人間に特有の。

この犬、犬のふりをしているが本当は人間なのではないか？

目が隠れているのにもかかわらず、鼻先と口元のあたりの微妙な具合だけで僕にそう思わせるその犬を僕はますます気味悪く思った。と同時に犬が狂ったように吠え始めた。

近所中に響き渡るほどの甲高い吠え声。

歯茎をむき出したその顔は猛獣そのもので、人間犬《にんげんいぬ》から猛獣への刹那の変貌に僕は驚いた。この吠え方に比べると、さきほど老人に対して吠えていたときはあいさつ代わりにほんの口笛を吹いただけ、といった感じだ。

犬は僕のほうへ体を寄せようと躍起になり、それを制止しようとする飼い主に引っ張られて首が絞まりそうになっていた。毛を振り乱し、赤い歯茎がむき出しになっている。ほとんどヒステリックと言っていい勢いだ。まるで僕が親の仇であるかのような。彼だけが知っている僕の犯罪を告発し、糾弾するかのような。

「すみません、バカな犬なんです」

女子高生は力任せにリードを引っ張って犬の首を絞めあげながら言った。「吠えるなバカ。善良な市民に」

近くで見ると女子高生は、眉の角度がほんの少し気の強そうな印象を与えるが、なかなか利発そうな、整った顔をしていた。もしかしたら僕と同い年くらいの可能性もある。髪の毛を後ろでくくっている。僕に対して吠えまくる犬をきちんと叱りつけているところに好感を持った。よく見ると、耳の形が辻崎さんに似ている。

「ほんとすみません」

「いえ」

僕は足を速め、その場を立ち去った。

バイト先へ急がなければならない。

背後で響く人間犬の声を聞きながら、あの飼い主の家はどこなのだろう、と考えた。

2

「相田《あいだ》さん、なんかきもいですよ。やっぱりちょっとやばい人ですね」

狭いバックヤードで、休憩中、敷島《しきしま》は僕に対してそう言い放ち、笑った。

敷島と僕のシフトがかぶるのは一週間のうちで土曜だけで、今日は土曜だ。

僕は十時開店のこの店に九時から出勤して二十二時までいる。

敷島は十二時から十九時まで。

彼女は女子高生で、まだ未成年だからあまり遅くまでは働かせられないということらしい。もっとも、県内に数店舗しかない古びたレンタルビデオ店なので、ろくに客も来店せず、休日といえど夜まで店長を含めて三人も店番は必要ないということだが。

たいていの人はここから徒歩で十五分ほど南に行ったところにあるＴＳＵＴＡＹＡへ行く。

ここにビデオを借りに来るのは顔色の悪い陰気な男ばかりだ。品ぞろえは最新の映画から子ども向けアニメまで数は多くないがバランスよくそろっているのに、アダルトビデオを借りていく中高年男の比率が非常に高い。

こんな陰気臭いところでバイトをする敷島は奇特な女だと思う。

そもそも、名前が妙だ。

二か月ほど前、初めてシフトが一緒になって挨拶をしたときにネームプレートを見てそう思った。

敷島夢姫。

字面がぎゅっとしすぎて息苦しい。何よりも夢姫というファーストネームはAV女優みたいで、もしも自分がこの名前だったら名付けた人間――たぶん親だろう――に対して怒りを覚えるだろう。しかも本人はぼさぼさのショートカットにTシャツ・カーゴパンツという男のような出で立ちで、姫というにはあまりにも女らしさに欠けている。むしろ女らしさを感じさせる要素が微塵《みじん》もないといっていい。辻崎さんを見習ったほうがいい。これはまた、名が体を表すことに失敗した典型例みたいな女子高生がいたものだ。

とかいったことを考えながら「敷島夢姫」という、その、迷路を上から見たみたいな息苦しい字面（迷い込んだら脱出できなそうに思える）を眺めていたら、息だけでなく頭の回路まで詰まって混線しそうになった。辻崎さんの名前を思い浮かべることでそれを回避した。

辻崎しづか。

『辻崎』という苗字も美しいし、何より『しづか』というひらがなの名前が美しい。響きとしても字面としても、これ以上ないくらい辻崎さんにマッチした名前だ。『吉成《よしなり》』に代わる苗字として最適――。

なんですか、と挑むような声が聞こえて我に返った。それは敷島夢姫が発した言葉であるようだった。たぶん、僕が彼女のネームプレートに視線を固定したまま停止していることが気に食わなかったのだろう。しかし初対面の人間に向けるにしてはいささか剣《けん》呑《のん》すぎる口調と目つきだった。

僕は敷島の、上目づかいになった双眸《そうぼう》を見ているうちに（敷島は僕よりおそらく二十センチほど背が低いので自然に上目づかいになる）、なぜだか正直に思ったことを言ったほうがいいような気持ちになり、ネームプレートを指して、「ＡＶ女優みたいな名前だなと思って」と言った。

敷島はやはり剣呑な目で僕を見上げていたが、三秒くらいして、そうなんですよ、とふてくされたように言った。「そんなふうに言ってくれたの、相田さんが初めてですよ」

自分の名前を「ＡＶ女優のよう」と言われたことに対して、「そんなふうに言ってくれた」という表現は少しおかしいのではないか。僕にしたって、女性に対してそのようなことを言うのは基本的に失礼にあたることを承知の上で、しかしそれをなんとなくではあるが言ったほうがいいような感じがする、たとえ怒られても、という気分になって言ったのだから。なぜそういう気分になったのかはわからないが。

「ほめたわけではないんだけど」

「わかってますよ」と敷島は不機嫌な声で言った。「私、この名前、嫌いなんですけど、どいつもこいつも『かわいいじゃん』とか、『そんなに変じゃないよ』とか言うんですよ。他人事《ひとごと》だと思って。あいつら、もしも自分が夢姫だったらってことを考えたことがないんです。だから適当なことを言う。この名前、一発で正しく読んでもらえたこともないし。まあ夢姫って書いてユメって読むのが正しいとも思ってないですけど」

　敷島はすごい勢いでしゃべり始めた。

「それに字面がごちゃごちゃし過ぎている」と僕は合いの手を入れた。

「そうなんですよ。画数多すぎてテストのとき絶対不利だし」

と彼女はさらに続けて、自分の名前に対する不満、悪口が延々止まることがなかった。

それを聞きながら気がついたのだが、敷島というこの女子高生には、思ったことを隠して適当なことを言うよりも、思ったことをそのまま言ったほうが怒られたりしないのではないか、と彼女の目を見て直感したから、「AV女優みたいだ」という一般的に言えば失礼に当たりそうなことを僕はさっきあえて言ったのだ、と思った。

AV女優発言で僕を信用した、と言っていいのかわからないが、ともかく話のわかる人間だと解釈したらしく、それからというもの、土曜のバイト中、敷島は暇なときにやたらと話しかけてくるようになった。暇なときというのはこのレンタルビデオショップにおいて八割がたの時間を指す。僕の土曜のアルバイトの内容は敷島の話し相手だ。

僕はあまり口数の多い人間ではない。これまでの二十年間の人生においてほとんど人としゃべるということをしてこなかったし、誰かを笑わせるなどという経験は皆無に等しかった。が、僕が何か言うと、不思議と敷島は笑った。「きもい」とか「やばい」といった非知性的な言葉を連発しながら。たとえばいまがまさにそうだ。

バックヤードで休憩中、鞄からA４のノートを取り出してひらがなを書いていると、あまりの来客のなさに退屈した敷島がふらりとやってきた。僕の手元をのぞき込み、

「それ、何やってるんですか」と言った。見てわからないのだろうか。わざわざ質問してきたということは、わからなかったということなのだろう。「ひらがなを書いている」と僕は言った。

「それは見ればわかります」

「わかるなら聞くな」

「いやいや、そういうことじゃなくて」と敷島は言った。「なんでひらがななんか書いてるんですか？」

「好きだから」

「意味わかんないです」と敷島は言った。

「自分の書くひらがなが好きだから」

「いや、意味わかんないです」と敷島は繰り返した。

「ひらがなっていうのは、『あ』から『ん』の五十音からなる日本固有の——」

「それはわかりますよ」

「じゃあ何がわからないんだよ」

「大学生の男の人が、自分が書くひらがなが好きだからひらがなを書くっていうのが。いつから好きなんですか」

「小学校三年生」

「それからずっと?」

僕はうなずいた。

「うわ」と敷島は一か月放置した飯を無理やり口に含まされたようなしかめ面で言った。

「どういう理由で?」

「吉成さんに、ひらがなが上手とほめられたから」

「吉成さん?」

「同じクラスだった女の子」

敷島は、また「うわ」と言った。「相田さん、なんかきもいですよ。やっぱりちょっとやばい人ですね」

小学三年生の二学期初日、夏休みが終わり登校すると、教室の黒板の上に大きな紙が貼り出されていた。

『友達のいいところを見つけよう』

そこにはそう書かれていた。

僕のクラスの担任は四十歳の女性教師で、彼女は教室にやってくるなりその標語のようなものを指して、二学期の学級目標はこれです、と言った。それから、ある提案をした。

毎日各班ひとりずつ代表を決めて、それ以外の人が、代表のいいところをクラスのみんなに向かって発表する、というものだった。お友達のいいところをたくさん知って、もっと仲良くなりましょう、とその教師は言った。「帰りの会」でそれは行われた。

まず一班の六人が立ち、前に出て行って代表者、つまり「いいところを言われる人」を発表し、そしてクラスメイトのほうを向いて、残りの五人が彼の「いいところ」を発表した。

足が速いところです。友達がたくさんいるところです。声が大きいところです。給食を食べるのが速いところです。発言をたくさんするところです。

担任教師が満足げな顔で拍手をした。座って聞いていた二班から六班までのクラスメイトもそれにならって手を叩いた。僕は拍手をしながら、不思議な儀式だと思ったが、他の人がどう思っているかはわからなかった。

二班の発表が終わり、三班の発表も終わり、四班、五班と、つつがなく儀式は進行した。最後に僕のいる六班の番が回ってきた。六班の、初日の代表に選ばれたのは僕だった。五十音順で言うと、六班の中で最も早いのが僕だったからだ。

僕は、それまでに感じたことのない緊張とともに前に出た。一緒に前に出ていく同じ班の人間が、どこか困ったような顔をしていた。

「代表者」の僕が教師の机に最も近い位置に立った。

六班の班員が横一列に並んだところで、「じゃあ、お願いします」と教師が言った。でも、僕のすぐ隣に立った、僕の「いいところ」を最初に発表するはずの女の子が、いつまでたっても何も言わなかった。

「どうしたの」と教師は言った。「順番を変えてもいいから、発表しなさい」

六班の班員は、誰も何も言わなかった。正確には言えなかったのだということを、僕は知っていた。

「誰にだっていいところはあるのよ」と教師が言った。「早く、相田君のいいところを発表しなさい」

僕は、教室の後ろのロッカーをぼんやりと眺めながら、その教師を殺したいと思った。

西日が窓のサッシに反射して目に入り、眩《まぶ》しかった。その無音の時間を僕は地獄のように感じていた。

手が震えだして、僕はそれを止めようとしたが、止まらなかった。一番前の席の女子がそれに気がついて、怯えたような顔をした。教師は僕を一切見ていなかった。困り果てたというようにため息をついた。それは僕を非難するため息だった。教師に殴りかかる自分を想像した。溜飲《りゆういん》を下げるために自発的に想像したのではなく、勝手にもたらされたイメージだった。頭の中で意図しないイメージが自動的に流れて止まらなくなることが、しばしばあった。意図せず体が勝手に動くこともあった。でも、意図しない、と思っているだけで、僕は、本当は意図しているのかもしれなかった。その境目がわからなかった。あと五秒もすれば、意図しないイメージに沿って体が勝手に動き出してしまうかもしれなかった。

椅子を引く音がした。見ると、吉成さんという女の子が立ち上がっていた。彼女は僕と同じ班ではなかった。すでに発表を終えた、別の班の人だった。

「『光るにじ』が上手に書けているところです」

吉成さんは凜《りん》とした声で言った。

「光るにじ」は、春に習字の授業で書いたものだった。教室の後ろに、クラス全員分が貼られていた。吉成さんの言うとおり、僕の「光るにじ」は、わりあい上手に書けていた。僕も、それを書いたときには、けっこう上手に書けたなあと思った。

吉成さんの突然の発言の後、ややあって教師が拍手をし、それに続いてみんなも手を叩いた。拍手が収まると教師は僕たちを席に戻るように促して、「さようならの挨拶」をした。

翌日から、その儀式は行われなかった。

僕はそれからというもの、吉成さんを目で追うようになった。

吉成さんは利発な目をした髪の長い女の子で、勉強はもちろんできたし、運動もできた。体育の授業で走ったときに見える耳が、とても素敵な形をしていた。小三ながらに品性のようなものが備わっていて、彼女を眺めていると、僕は飽きることがなかった。

毎日吉成さんの姿を目で追いながら、僕は彼女に一言、「ありがとう」と、それだけでいいから言いたい、と考えていた。でも僕は彼女に声をかけることができなかった。休み時間の過ごし方といえば自分の席で本を読むだけしか能がなく、下手をすれば学校では一日の間に一言も声を発さないような子どもだったので、それは当然といえば当然のことだった。

二学期の終わりに、吉成さんが急に転校することになった。そのことが担任教師によって知らされたとき、僕は胸が苦しくなって、この苦しさは、なんだろう、と思った。僕はまだ彼女に「ありがとう」と言えていないんだぞ。なのにいなくなってしまうなんて。

彼女の最後の登校日はすぐにやってきた。

「お別れ会」が開かれ、彼女にクラス全員で歌を贈り、あとはいつもどおりに「帰りの会」をして、下校の時間になった。

吉成さんはクラスの中心に立つタイプではなかったが優しくて人望があり、人気者だった。クラスの多くの人が放課後も教室に残り、彼女を取り囲んでお別れの言葉を送っていた。女子の何人かは泣いていた。

やがて担任教師が、そろそろ帰る時間よと促した。場所を昇降口にかえて、クラスメイトは彼女と最後の会話をした。僕はどうしても彼女にお礼が言いたかった。しかしその輪に入ることができなかった。少し離れたところから彼女たちが別れを惜しみ合うのを見ていた。細かい雪が舞っていた。吉成さんは白いマフラーをしていた。クラスメイトと話をする彼女の口から漏れる息も白かった。

吉成さんを囲む一団の中にはお調子者の男子のグループもいた。僕が彼らをじっと見ていることに気づき、突然騒ぎ出した。相田が何か言いたそうにしているぞ。

僕は小突かれてあっという間に吉成さんの前に引っ張り出され、クラスメイトたちは、自然と僕と吉成さんを囲むように円形になった。告白か？　と、何人かの男子が僕を囃《はや》し立てた。僕は恥ずかしさで手の先がぶるぶると震えてきて、「ありがとう」の五文字を言いたいだけなのに、どうしてもそれを言うことができず、男子が僕をからかう声だけが頭の中で響いて、それに比例して目の両端から壁が迫ってくるみたいに視野が狭くなっていき、もう少しで、リーダー格の男子に殴りかかってしまう、と思った。以前、実際にそういうことがあった。一度そうなってしまうと、自分では止められない。それがきっかけで、僕はみんなから避けられるようになった。「いいところ」を誰も挙げてくれなかったのも、そのせいだった。

　僕の手の震えが大きくなってきたのを見て、みんなの雰囲気が一変するのがわかった。彼らは僕の爆発を恐れているようでもあり、期待しているようでもあった。さっきまで囃し立てる声が聞こえていたのに、いまは完全に無音だ。それは実際に無音なのか、僕の頭の構造のせいで無音に聞こえるのか、どちらなのかはわからなかった。

　突然、声が飛び込んできた。悪意を含んだ男子のものとは異なる、柔らかな声。

「ひらがなが、とくに上手だと思う」

　吉成さんの声だった。手の震えが止まった。吉成さんは僕の手を握って、ちょっとだけ笑って、またね、と言った。吉成さんは手袋をしていなかった。僕も手袋をしていなかった。吉成さんの手は温かかった。彼女は握っていた僕のあかぎれた手を放すと正門まで走って行った。一度立ち止まってこちらに手を振り、行ってしまった。

　僕を円形に囲んでいたみんなは、虚を衝《つ》かれたみたいな顔をしていた。

次の瞬間、僕は教室に座っていた。周りを見回すと、クラスメイトは全員、目をつむって黙っていた。涙を流している者もいた。お別れ会の一場面か？　でもそこに吉成さんはいない。

黒板の上に、やはり大きな紙が貼り出されていた。

『言葉のキャッチボールは、心のキャッチボール』

文言が変わっている。これはたしか、四年生の二学期の目標だ。僕は、そういうことを、妙に正確に覚えている。

「相田さーん、ちょっと、急にトリップすんのやめてくださぃよ」

目前に、敷島の顔があった。

「なんなんですか、その、小学三年生のときに一緒のクラスだった吉成さんは。初恋の相手ですか？」

敷島の口調からして、僕の意識が小学校時代に飛んでいたのはほんの数秒のことだったようだ。

「相田さん、前から思ってたんですけど、その、急に目、開けたまま意識吹っ飛んでるみたいになるのやめてくださいよ」

「脳の回路に問題があるんだ。たまに混線して、別空間に意識が飛ぶ」

「またきもいこと言ってる」と敷島は笑った。「で、吉成さんの話は？」

「おまえにそこまで話す義理はない」

「なにかっこつけてるんですか」と敷島は言った。

午後の勤務を終えて敷島が上がりの時間になると、客がくる気配がないから相田君も上がっていいと店長は言った。僕は敷島と一緒に帰った。僕と敷島は家の方向が同じだった。

ファミリーレストランの前を通りかかったとき、晩御飯でも食べていきます？　と妙なことを敷島が言った。

「なんで」

「なんでって、先輩後輩なんだから一緒にご飯くらい食べてもいいじゃないですか」

土曜のわりに店はすいていて、待つことなく座ることができた。

敷島はオレンジジュースを飲み、ハンバーグを食べながら、いろいろと楽しそうにしゃべっていた。僕はそれを見ながら、もしかして敷島は僕に好意を抱いているのではないか、きもい、やばい、などと非知性的言語を多用するのは、一種の照れ隠しみたいなものなのではないか、と思った。食べ終わって一息ついているところで他でもない恋愛相談をされ、僕の推論は間違った推論だったとすぐに判明した。

僕たちの店でバイトをしている僕と同じ大学の理学部の男を好きになってしまった、と敷島は言った。毎週火曜と木曜の夕方にシフトがかぶるらしい。安西《あんざい》という男だ。僕も、たまにシフトがかぶる。ろくにしゃべったことはないが、真面目そうだし、そんなに悪い男ではないだろう。彼に恋人がいるか否か、如何様《いかよう》な女が好みか、などと敷島は聞いてきた。

「知らない」

「役に立たないなあ」と敷島は言った。

わざわざ晩御飯を食べようなどと僕を誘ったのは、安西に関する情報を得るためだったようだ。

「相田さん」と敷島は言った。「私、女になります」

謎の宣誓を僕に向かってする敷島を見ながら、女になった敷島は、敷島ではない、と僕は思った。

3

辻崎さんの背中は、いつ見ても美しい。

辻崎さんはいつもボタン付きの服を着ている。たとえばブラウスなど。色は、白や紺が多い。白や紺は辻崎さんによく似合う。

彼女の服に、目立つようなしわがあるのを僕は見たことがない。きっとアイロンがけを怠らないのだろう。部屋にアイロン台があるのを見たことはないから、それはきっとクローゼットにしまわれているのだろう。

辻崎さんの部屋も、辻崎さんと同様に、いつ訪れても整頓されていて美しかった。四畳の台所と六畳の居室、それにユニットバスの、古い1K。そこに必要最低限の家具を置き、慎ましい学生生活を送っているという点にも好感が持てた。女性の部屋にしては華やかさに欠け、ややもの寂しいようにも思えるが、マカロンのような形のグレーの大きなクッションや、いつもローテーブルに置かれているアロマキャンドルが彼女の控えめな女性らしさを物語っていて、僕はそれをとても好もしく思った。

辻崎さんは吉成さんによく似ている。

僕はこれまでに、辻崎さんの他に二人、吉成さんによく似た女の子に会ったことがある。

一人目は中学生になってすぐのときだった。小学校からの持ち上がりのメンバーに交じって、彼女はいた。見た瞬間に、吉成さんが戻ってきたのだと思った。苗字が吉成ではなくなっていたが、それは何かの都合によるものだろう。吉成さんは小学校三年生の二学期の終わりの細かい雪が舞うあの日、僕に向かって「またね」と言ったのだ。それに何より、僕があれから毎日想像していた吉成さんとその女の子は、まったく同じ顔をしていた。吉成さんは、僕の中では小学校三年生のままで止まっているのではなく、僕が成長し、日々、少しずつ姿かたちを変えていったのと同じように、僕の中で、ぴったり三年と三か月分、成長していた。その成長した姿と彼女の顔は完全な一致を見ていた。ひとつだけ不思議なのが、苗字だけでなく下の名前も変わっていたことだった。なんらかの事情でそういうことも起こり得るだろう。そのような細かいことを気にしている場合ではなかった。吉成さんと再会できた喜びを、一刻も早く本人に伝えなければ。あのとき言えなかった三年越しのお礼を、ちゃんと自分の口で伝えなければ。いまの自分なら、それができると中学生になっていた僕は思った。

僕と彼女とは異なるクラスに割り当てられていた。彼女に声をかける機会を得るのは容易ではなかった。

僕は連日、昼休みに彼女のクラスの前の廊下をうろついて、彼女がひとりで廊下に出てくるのを待った。吉成さんであるところの彼女はなかなかひとりで行動するということがなかった。友達と連れ立ってきゃっきゃと女子トイレに行くことはよくあった。それは僕の想像の中の吉成さんとは少し、いや、かなりイメージの異なる行動だったが、すべてが想像どおりということはあり得ない。

彼女のほうから僕に気づいて声をかけてくれればいいのに、と僕は思った。僕は毎日昼休みに教室の前の廊下をうろついているのだから、彼女のほうでも、僕の存在を認識しているはずだ。それなのに声をかけてくれないところを見ると、もしかしたら彼女は僕のことがわからないのかもしれない。三年以上たっているのだから、ちょっと見ただけで僕が僕であると気づくことができないという事態だって起こり得るだろう。

僕は勇気を出して、彼女が友達と三人で連れ立って教室を出てきたところに声をかけた。吉成さん、久しぶりだね。第一声を明瞭に発することができて、僕は誇らしい気持ちになった。

吉成さんと吉成さんの二人の友達は、立ち止まって顔を見合わせた。

ほら、僕だよ。覚えてるでしょ、吉成さん。と僕は言った。

彼女は、何も言わなかった。

小学校三年まで一緒だった相田だよ。光るにじをほめてくれて、最後に君が僕の手を握って……。

僕がしゃべればしゃべるほど吉成さんの顔が不審の色で曇っていき、最終的に、吉成さんならば絶対にしないであろう冷たい目を彼女は僕に向けた。まるでゴミを見るときのような。

それで僕は、彼女が吉成さんではないことに気がついた。僕が吉成さんだと思っていた女の子と一緒にいた二人の友達（この二人は小学校からの持ち上がりだった）は、僕を、もっとひどい、虫けらを見るような目で見た。

二人目の吉成さんによく似た女の子とは、高校一年生のときに会った。そしてまったく同じことが繰り返された。心根の優しい吉成さんでは絶対に浮かべることができないような表情。彼女も吉成さんではなかった。

高校を卒業して大学に進学し、一年時の一般教養の講義で、辻崎さんを見かけた。三年に一度、吉成さんに似た女の子が僕の前に現れるという決まりがあるのかもしれない、と僕は思った。

辻崎さんは、過去に現れた二人の吉成さんに似た女の子の比ではなく吉成さんだった。彼女を見た瞬間に、僕の手には吉成さんの体温がよみがえった。僕はあれから、ひらがなを書き続けていた。吉成さんが上手だとほめてくれたひらがなを。三度目の正直だと僕は思った。

でも僕は辻崎さんに声をかけるのをためらった。そんなことはあり得ないが、万が一、辻崎さんが吉成さんではなかった場合、僕はまた、吉成さんの顔を持つ女の子に、ひどく冷たい目で見られることになる。

辻崎さんに声をかけるより先に、辻崎さんが吉成さんであることをたしかめることから始めなければならなかった。

辻崎さんのあとをつけて、彼女の家を僕は知った。

古い木造のアパートだった。女性が住むには少しセキュリティに問題があるように見えた。

僕はインターネットでピッキングの技術を学び、通信販売で専用の道具を買って、辻崎さんの留守中に、彼女の部屋の玄関ドアのカギ穴にそれを差し込んだ。驚くほど簡単に鍵は開いた。針金でも拾ってきて適当に差し込むだけでも簡単に開きそうなくらいの脆弱《ぜいじゃく》なセキュリティだ。これでは危ない。何かあったらどうするんだ。僕は辻崎さんの防犯意識の低さに腹を立てた。

初めて見た辻崎さんの居住空間は、これも、イメージと寸分たがわぬものだった。外観の古さに反して内装は白く、壁にはシミ一つなかった。

僕は初めて忍び込んだその日だけ、本棚の横に置かれた小さな小物入れを漁《あさ》って合鍵を探し出し、それを近くの鍵屋に持って行って、僕用の合鍵を作った。それ以降、彼女の部屋を漁るようなことはしていない。冷蔵庫を一度だけ覗いたことがあるが、クローゼットなど、あまりにもプライベートなスペースを物色するようなことは彼女に対して失礼だと思ったからだ。

僕の家宅侵入は彼女に対する汚い欲望の発露として行われているのではない。家主の不在中に私物を漁ったりするのは歪んだ欲望を肥大させた変態のやることだ。僕は辻崎さんが吉成さんであるという手がかりをつかむために辻崎さんの部屋に入ったのだ。

しかし辻崎さんの部屋に入ってみると、僕は、そこにいるだけで幸福な気持ちを味わうことができることを知り、当初の目的は忘れて、いや、放棄してしまった。そこに数分の間滞在して、辻崎さん、つまり吉成さんの温かみを感じることが僕の目的になった。そもそも、彼女が吉成さんであることを探るためには彼女の持ち物を物色しなければならず、それを行えば本当のストーカーと同じになってしまう。彼女に対する欲望の発露が目的ではないのと同様に、部屋に侵入した痕跡を残して彼女を怖がらせ喜ぶことも、僕の目的ではない。だから僕は彼女のベッドに触れたりはしないし、グレーの大きなクッションに座って、へこみの形を変えたりすることもない。僕はただ、白いカーペットに膝を抱えて座り、たまにつぶやくだけだ。「ありがとう」と。それは、辻崎さんの部屋にいると自然に口から出てきてしまう言葉だった。

僕が彼女の部屋を訪問する頻度は、週に一回あるかないかくらいのものだった。あまり頻繁に訪れるのは危険だ。

水曜の五限が終わってからバイトに行くまでの数十分間が最も確実に侵入できる。でも、その時間に彼女の家を訪問して目的を達成し、外に出て外階段を下りると、必ずと言っていいほどあの小型犬が現れ、確信的な獰猛《どうもう》さで吠える。勘のいい犬だ、と思う。飼い主も、そろそろ何か勘づくかもしれない。

近頃、飼い主の耳の形が、見るたびに辻崎さんに似てくるように感じられるのが不思議だ。

僕の生活サイクルは大学と辻崎さんの家への訪問とレンタルビデオ店でのバイトの三点で成り立っている。僕がまともに言葉を交わすのは敷島だけだ。

敷島は、僕にあの宣言をしてから急激な変貌を遂げた。

Tシャツにジーパンかカーゴパンツしか穿《は》かなかったのに、ワンピースなどを着て、爪に何か塗ったりしている。それに髪の毛がぼさぼさではない。まるで女みたいじゃないか、と僕は思う。

「失礼だな、女ですよ」

敷島の反論を受けて、思考が口から漏れていたことを知った。

変身した敷島は、女としてはもしかしたら魅力が上がっているのかもしれないが、敷島としては魅力が下がっているのではないか、と僕は感じる。この敷島は敷島ではない。でも本人が望んでやっているのだし、この女みたいな姿で安西とよろしくやって、本人はそれで満足なのだろうから、僕が口を出すことではない。

と考えていたら、一か月ほどして敷島は突然に敷島に戻った。

僕はそのことに関して言及しなかったが、バイト先のバックヤードで休憩中、やはり客が来ないことに退屈した敷島がふらりとやってきて、安西に彼女がいると発覚した、と僕に報告した。すっげー泣きましたよ、と敷島は言った。馬鹿らしい話だと思った。

「相田さんって、好きな人とかいないんですか」

「いる」

「え、まじで。どうしたらいいのかわからなくてストーカーとかしてそう」

「してるよ」

敷島は笑った。「めずらしいっすね、相田さんが冗談に乗るの」

「冗談じゃない。本当にしてるんだ」

そんな真顔で言われたら、ちょっと怖いですよー、と敷島は言った。

＊

僕は、僕が辻崎さんの家に忍び込んでいることは、いつか露見するに違いないと考えている。そうなる前に辻崎さんに思い切って確認するべきだ。

「十一年ぶりだね。僕は君にずっとありがとうと言いたかったんだ。僕は君の言葉がすごくうれしくて、あれからずっと、ひらがなばかり書いてるんだ。どうしてお礼を言うなんて簡単なことができなかったんだろうって、ずっと後悔してたんだ」

辻崎さんは、いや、吉成さんは、久しぶりと言ってくれるだろうか。

＊

外階段を下りると、やはり犬が現れた。

犬に遭遇したくないから毎週少しずつタイミングをずらすのだが、犬は僕が外階段を下り切ったところで見計らったように角から現れる。僕を糾弾するように吠える。吠えるときに前髪のような毛が跳ねあがり隙間から真っ黒な目がのぞく。すべてを見透かすような目をしている。吠え声が、人間の声のようにも聞こえてくる。夏休み、と言っているような。夏休み？

犬の飼い主の耳の形は辻崎さんにやはり似ている。吉成さんであるところの辻崎さんに。もしかしたら、この犬の飼い主が吉成さんである可能性もあるかもしれない。犬は真っ赤な歯茎をむき出しにしている。やはり犬の声でがむしゃらに吠えている。

吉成さんが愛玩犬として飼うにしてはこの犬は少し、いや、かなり、うるさすぎる。一度蹴とばして、黙らせてやったほうがいいのかもしれない。でも、そんなことをすれば吉成さんは僕を軽蔑するだろう。僕は吉成さんに軽蔑されたくない。——いや、違う。この犬の飼い主は吉成さんではない。吉成さんは辻崎さんだ。辻崎さんが間違いなく吉成さんなのだ。

でも僕はいま、万が一の可能性についての話をしている。

犬の飼い主が吉成さんの可能性。

過去に二回、絶対にこの人だと思った人が吉成さんではなかったのだ。

逆の可能性だって、ないとは言えない。

最近は、街を歩いていて、いろいろな女の人に対して、この人は吉成さんなのではないか？　と思う。吉成さんである確率が最も高いのは辻崎さんだが、すれ違うどの女の人にも、その人が吉成さんである可能性が潜んでいるように思える。

『友達のいいところを見つけよう』

吉成さん候補が急激に増えたのと時をおなじくして、過去の映像が頻繁にフラッシュバックするようになった。

六班の順番が来て、吉成さんが僕の「光るにじ」を上手だと言う。吉成さんの手の体温を思い出す。吉成さんにお礼を言わなければと思う。

『言葉のキャッチボールは、心のキャッチボール』

吉成さんのいない教室で、みんなが黙って目をつむっている。女子の、啜《すす》り泣く声が聞こえる。

僕は、吉成さんにお礼が言いたくて、辻崎さんのストーカーをしている。

夏休み、と犬が言う。

頭の回路が、詰まっている。回線が、こんがらがっている。

僕は頭の中を整理する必要があるのかもしれない。ねじれて絡み合った回線をまっすぐに伸ばして、正常につながるように。問題なく動作するように。

なぜか髪の短い女の顔が頭に浮かぶ。敷島。彼女は何かを手にしている。複雑に絡み合ったいくつかの線の一端。ちからまかせに引っ張っている。ぎりぎりと音がする。頭が痛む。吉成さんが、吉成さんによく似た中学の同級生が、吉成さんによく似た高校の同級生が、辻崎さんが、入れ替わり立ち替わり現れては、消える。

頭の中に、敷島の姿だけがしつこく残って、消えない。彼女はもう、線の一端を握ってはいない。顔の輪郭が奇妙に立体的になっていく。敷島がしゃべりだす。鼓膜を震わせる本物の声のように聞こえる。それは僕の頭の中の、イメージの敷島ではなくて、現実の敷島だった。

犬と、辻崎さんに耳の形が似た飼い主はいつのまにか消えていた。僕はアパートの階段下で棒立ちになっていた。目の前には敷島がいた。

「先輩、向こうから見てたんですけど、めっちゃ吠えられてませんでした?」

なぜここに敷島がいるのだろう。

敷島は、新しくできたケーキ屋のケーキを買って来いという命を母親から受けて買いに行く途中だと言った。

「近道したら先輩がいるんだもん。家、ここなんですか？　もしかして、この前、わざわざ反対方向なのに送ってくれたとか？」

敷島は、最近になって僕を先輩と呼ぶ。

この前というのは、一緒にファミリーレストランに行ったときのことだろう。わざわざそんな面倒なこと、するわけないだろう、と僕は言った。

「じゃあ、ここ何ですか？　友達の家？」

「辻崎さんの家だよ」

「誰？」と敷島は言った。「まさか彼女？」

「僕がストーカーしている人の家」

「その冗談、気に入りすぎですよ」

「これ、僕が勝手に作った合鍵」

「いやいや」と敷島は言った。「普通に自分の家の鍵でしょ」

「吉成さんていう子がいたんだ」

「ああ、この前言ってましたね」

「吉成さんは小学校三年生のときの同級生で、僕たちのクラスではいつも『帰りの会』で――」

「なんすか先輩。話したいの？」敷島はズボンのポケットに手をつっ込んで言った。

「僕たちは同級生だったんだ」

「聞いてます？」

「聞いてるよ。吉成さんは——」

「わかったわかった。今日天気いいですね。河川敷に行ってお話ししましょう」

僕はバイト先に電話をした。急に熱が出て、と言った。安西君に来てもらうからいいよ、お大事に。はい、ご迷惑おかけします。

「シフト入ってたんすか？」

「敷島、もう少し、線を引っ張ってくれないか」

「は？」と敷島は言った。「大丈夫かなこの人」

僕たちは川沿いを歩いて、ベンチや遊具が設置されている公園のようになった河川敷へ下りて行った。敷島はブランコの座面に立ち、鎖をつかんだ。片足で地面を蹴り、軽く揺らした。僕は敷島のとなりに立った。地面には芝が生えていた。青い匂いがしていた。目の前で川が流れていた。

「で、小学校の同級生の、なんでしたっけ。ナリタさん？」

「吉成さん」

「そうだ。ヨシナリさん」

「敷島、僕たちのクラスには、学級目標があったんだ」

「はあ」

ブランコの鎖がきいきいという音をさせていた。

「それで？」

僕は敷島に、吉成さんのことを話した。吉成さんが「儀式」で僕の「いいところ」を発表してくれたこと。彼女が最後に僕の手を握って、またねと言ってくれたこと。僕は結局彼女にお礼を言えていないこと。

「へえ」

僕がひとつ話すたびに、敷島は前後に揺れながら気のないうなずきをした。となりの無人のブランコは微塵も揺れていなかった。ブランコのきいきいという音が針のようになり、頭の中で絡まりあったいくつかの線の隙間を何度も往復していた。それに促されるように、僕は、またひとつずつ、順番に話していった。吉成さんによく似た中学の同級生について。吉成さんによく似た高校の同級生について。そして、辻崎さんという、吉成さんに最もよく似ている人の家に、週に一回ほど、忍び込んでいること。それがさきほどのアパートだということ。

敷島はやはり前後に揺れながら、へえー、うっわー、と馬鹿みたいな声を出した。短い前髪が、弱い風を受けてぱたぱたと浮いていた。

「先輩、けっこうなストーリーテラーですね。なんかわかんないけど、すごくリアリティありました。真に迫ってるっていうか。先輩ってなんかやばいやつっぽい雰囲気あるし、いまの話が事実だとしても、そんなにおかしくないなって思いました。小説でも書けばいいんじゃないですか？」

漫画でもいいけど、と敷島は言ってブランコから飛び降りた。Tシャツの裾が空気を含んで少しだけ膨らんだ。

操縦士を失ったブランコはしばらくのあいだ孤独な前後運動を続けていた。揺れは徐々に小さくなり、やがてきいきいという音も止まった。同時に、頭の中を滑らかな何かが滑っていくような、するするという音がした。それは川の音かもしれなかった。僕は水の流れをしばらく眺めていた。

敷島が唐突にしゃがみこんだ。地面に手を伸ばし、ラッキー、しかも二枚！と言った。

「先輩、見てみて」

彼女は拾った百円玉と十円玉を両目にあてがい、百十円マンと言った。僕は何も言わなかった。敷島はそれらを目から離してズボンのポケットにしまった。

「敷島」

「なんですか。あげませんよ」

「いま、話しながら、僕は、最も重要なことを思い出した」

「え、まじで。話しながらオチを思いついちゃったんですね。天才ですか？」敷島は、紙芝居の続きを待ち望む子どものような目で言った。「でもそれ聞く前に、さっきの鍵、見せてください」

敷島がこちらに向かっててのひらを差し出した。僕はそこに辻崎さんの家の合鍵を置いた。敷島は予備動作もなくそれを川に向かって放った。鍵は西日を受けてきらりと光り、川の流れに紛れて見えなくなった。

「すみません。手が滑って先輩の家の鍵、川に落としました」

僕は敷島の顔を見た。敷島はひどく真面目な顔をしていた。

「代わりにこれあげるんで許してください」

敷島は百円玉と十円玉をポケットから取り出し、僕の左のてのひらに置いた。おにぎりを握るように僕の手を丸めて圧迫した。冷たいはずの硬貨は奇妙な熱を持っていた。

「百十円握《にぎ》り」と敷島は言った。「じゃ、オチ、聞いていいですか？」

僕は二枚の硬貨を手の中に握りしめたまま、敷島が言うところの「オチ」を話した。

「吉成さんは、もういないんだ」

吉成さんは転校した数か月後、四年生の夏休みに海で海難事故に遭い溺れ死んだ。

その報《しら》せは夏休み明けの登校日初日に僕たちのクラスにも届いた。

吉成さんのいない教室で、僕たちは黙禱《もくとう》をした。僕はそのとき、泣かなかった。涙を流さないことによって、吉成さんの死の現実性を否定できるような気がしていた。僕は吉成さんが僕の「いいところ」を発表してくれたことに対するお礼を言っていない。僕は、吉成さんが、必ずまた僕のもとに戻ってくると信じていた。彼女はうそをつくような人間ではない。またね、と言ったのだから。そんなことを、十歳の僕は考えていた。僕は、吉成さんの死を認めないために、吉成さんに似ている人を探しながら生きてきた。

「先輩、マジで、お話を作る才能があると思います。感動したから抱きしめてあげようかな」

　敷島は僕の頭を両腕で抱え込むようにした。敷島の腕は細く、胸は平らで、かすかに柔らかな香りがした。

　僕は、本当はとっくに吉成さんの死を受け入れていた。いまさら涙を流したりはしなかった。吉成さんが死んでから、もう、十年以上もたっているのだ。

　よしよし。敷島は子どもをあやすような声を出して僕の頭に手を置いた。細かい雪が舞うあの日の吉成さんの手を思い出させる温度だった。敷島のTシャツの胸の部分が湿っていった。よしよしと敷島はまた言った。

　僕は、しばらくのあいだ敷島の胸に顔を押しつけていた。左手の中で、二枚の硬貨が熱を持ち続けていた。

　背後で、口笛を吹くような音が聞こえた。見ると部活帰りの中学生らしき一団が僕たちを見下ろし、にやにやと笑っていた。敷島は振り向いて、しゃっ、と猫のような声を出した。

僕は、いくつになっても、男子の集団にからかわれるタイプの人間から脱却できない。

僕と敷島は河川敷を上って、川沿いの道路に出た。

「先輩、さっきの、違いますからね。私のストーカーとかにならないでくださいね。いや、その、作り話だってのはわかってますけど」

なるか馬鹿、と言った。軽自動車が一台、横を通過していった。

「先輩、お礼言えなかったとかうじうじ言ってないで、お墓参りとか行けばいいんじゃないですか?」

「作り話なんじゃなかったのかよ」

「だから、エピローグの話です」

「ああ、後日譚《たん》」

敷島はときおり「けんけんぱ」と言いながら片足で飛び跳ねるように歩き、落ち着きがなかった。

「ひとりで墓参りは悲しいから、バイト先の後輩の女を連れていく、とかいう設定にしてもいいかもしれないです」

「それはどうもありがとう」

「ありがとう、っていうのは？」

「いいアイディアをくれてありがとう。執筆に生かす」

ほんとはついてきてほしいくせに、と敷島は言った。

「そういえば、ケーキはいいのかよ」

「忘れてた」敷島は苦い顔をした。「なんで先輩に付き合ってこんなに時間つぶしちゃったんだろう。お母さんに怒られる」

途中で自販機を見つけ、硬貨を二枚入れてオレンジジュースを敷島に買った。敷島はうれしそうにそれを飲んだ。「親切をすると、ちゃんと自分のところに戻ってくるんだなあ」

ひとりで墓参りに行ったら、相変わらず友達がいないのかなと吉成さんは心配するだろうか。あまり心配させるのも、よくないかもしれない。

目の前で、敷島が缶を片手にまた「けんけんぱ」と言って飛び跳ねた。

僕とじょうぎとぐるぐると

1

僕には重大な悩みがある。

それは、いつか僕の体は爆発しちゃうんじゃないか、ということだ。

人間て、生きていると、うれしいこととか楽しいことがたくさんある。けど、反対に、悲しいこととかつらいこととかもたくさんあって、そういうのって日々をすごせばすごすほど少しずつ体にたまっていって、自分の体よりたくさん、その悲しいこととかつらいことがつみかさなったときに体が耐えられなくなって、爆発しちゃうんじゃないかって僕は思う。

僕は先月「二分の一成人式」を終えたばかりの（いまは十一月だから、先月とは十月である）、小学四年生の十歳である。

二分の一っていうのは半分のことだから、つまり僕は半分だけ大人だ。

大人になると、いろんなものごとが少しずつわかってくる。こんなに悲しいことばかり起きて、この先もちゃんと生きていけるのだろうかと僕はときどき不安になる。アイスを食べすぎておなかを壊したときなんかも痛すぎてこのまま死んじゃうんじゃないかって不安になるけど、悲しい気持ちって、そういうおなかの痛さとかとはちがって、もっとなんとも言えない不安で体をいっぱいにするのだ。

もちろん最初に言ったように、うれしいことや楽しいこともたくさんあるけど、ふとしたときに思い出すのはたいてい悲しいとかつらいとか、そういうのばかりである。

そういうことを言うと大人は、十年しか生きていない子どもが何をたわごとを言ってるんだかってバカにしたり笑ったりするかもしれない。

でも僕は真剣に言っているのだ。

具体的な例をあげて説明すれば、僕の言わんとすることを少しは大人にもわかってもらえるだろうか。

いちばん新鮮な忘れ去りたいできごとを思い返してみると、『ＡＢＣミネストローネ事件』がある。

思い出すとつらくなるからほんとうは思い出したくないんだけど、僕が日々どんなふうに悲しい気持ちつらい気持ちをチクセキしているかをわかってもらうために、しかたないから話すことにする。

先々週、僕は給食当番だった。給食当番というのは給食センターから学校に届けられた給食を集荷室まで取りに行って教室まで運んできて、それを盛りつけて配る当番のことだ。

僕の担当はマルカンだった。「マルカン」とは、僕の学校では、アルミ製の大きなバケツみたいな形をした汁物の入った容器を指す。汁物っていうのは、たとえばけんちん汁とか、春雨スープとか。あと、当たりの日だと、カレーとか。

その日は火曜日だったから主食がご飯じゃなくてコッペパンの日で、マルカンは『ABCミネストローネ』だった。

ABCミネストローネはアルファベットの形をしたマカロニが入ったミネストローネで、男子からとくに人気がある。というのも、ミネストローネに入っているアルファベット（ABCだけじゃなくて、ちゃんとDもEもFも、とにかくAからZまで、すべてのアルファベットが入っている）を使って、おもしろい言葉を作ることができるからだ。

僕のクラスの男子たちにとって「おもしろい言葉」っていうのはひとつしかなくて、それは「UNTI」である。うんち。これはもしかしたら僕のクラスの男子だけじゃなくて、となりのクラスの男子も、反対のとなりのクラスの男子も、もしかしたら僕たちくらいの年の男子にはほとんど共通といってもカゴンではないかもしれない。

一部の男子は、ABCミネストローネの、アルファベットの形をしたマカロニをお皿に並べてUNTIを作ることにシンケツを注いでいる。むしろ給食の献立表にABCミネストローネの文字がある日はそのことばかり考えて、彼らは午前中の授業を聞く態度がおろそかになるくらいだ。

僕の席は窓際から二番目のいちばん後ろだからわかるんだけど、もともと集中力のない宮田《みやた》君とか木下《きのした》君とか（この二人がＵＮＴＩ職人のツートップだ）はいつもよりさらにそわそわしていて、彼らの頭の中はいまマカロニのＵＮＴＩでいっぱいなんだって思うと、僕はちょっと笑ってしまう。

トマト味の、ベーコンとかキャベツとかニンジンが細かく刻まれて煮込まれた赤いスープの中から見事に四つのアルファベットを見つけ出し、ＵＮＴＩを作ることに成功したものは男子からものすごく称賛されて、その日の午後は尊敬のまなざしを送られながら過ごすことになる。同時に女子からはケイベツのまなざしを送られることにもなる。だけど彼らにとっては女子からケイベツのまなざしを送られないことより、仲間である男子から尊敬のまなざしを送られることのほうが百倍大事なことだから、そんなことは、ＵＮＴＩ創作（ＵＮＴＩ捜索と言ってもいいかもしれない）のジャマにはならない。

僕は一般の男子より少し大人だから、うんちがおもしろい時代はもうとっくに終わっている（もちろん僕にもそういう時代はあった。二年半くらい前まではそうだったと記憶している）。

かといって僕はＵＮＴＩの発見に成功した男子に、女子と一緒になってケイベツのまなざしを送ったりはしない。「もしかしたらＵＮＣＨＩのほうが大人っぽい表記なんじゃないか」くらいのことは考えるにしても。

ともかくＡＢＣミネストローネは一部の男子に人気の献立である。ヘタをしたら汁物最強メニューのカレーと肩を並べるくらい。大人ふうの言い方をすると、キョクショテキな人気を誇る献立、とでもいえばいいのだろうか。

そしてやっと本題に入れるのだけど、僕はそんなＡＢＣミネストローネが三十一人分たっぷり入ったマルカンを佐田《さだ》君と二人で二階の教室まで運ぶ途中、階段の折り返しのところでなぜだかつまずいて、中身を三分の二ほど床にぶちまけてしまった。

これは思い出すだけで全身が冷たくなって震えてしまうくらいのおそろしいできごとだった。

僕の百三十四センチしかない体がバランスをくずして前につんのめったのと同時にマルカンも傾いて、でも僕はマルカンの持ち手からは手を離さなかったから、佐田君もそれに引っ張られて前につんのめり、そしてマルカンは横倒しになった。マルカンにはふたがついていたけど、それはただ上に載っかっていただけだから、かんたんに外れて、中に入っていた赤いスープとか野菜とかベーコンとかＡとかＦとかＧとかＬとかＸが床にぶちまけられた。

僕と佐田君はあわてて倒れたマルカンを縦にした。でももう中身は半分以上、うす緑色のひんやりした床に流れて広がっていた。

　このときの僕の気持ちを言いあらわすとしたら、なんと言ったらいいのだろうか。最初に「こんなことが起こるはずはないから、これは夢にちがいない」っていうふうに思って、でもトマトとか野菜が煮込まれたスープのにおい（いつもはいいにおいと思うけど、このときはまったくそう思えなかった）と、もうもうと立ち上る湯気に、やっぱり現実だ、と思って、そして僕の中で人生が終わった。

　そういうときって、心臓がひっくり返ったみたいな感じになって、息があさくなって、それからユウタイリダツしているみたいに、ぶちまけられたミネストローネを見下ろしてボウゼンとしている自分を天井から見ているような気分になるから不思議だ。

　あの瞬間、神様か何かが現れて、「いますぐ隕石《いんせき》を落として地球を滅亡させることもできますけど、どうします？」と聞かれたら僕はまちがいなく隕石を落としてもらっただろう。

　もちろん、その選択が正しくないのはわかっている。でも給食のＡＢＣミネストローネを半分以上床にぶちまけるというのは、僕の、半分しか大人になっていない体では瞬時には受け止めきれないくらいのおそろしい事態だったのだ。その罪から逃れるためなら地球そのものが滅亡してもいいと思えてしまうくらいの。

　僕は泣きたい気持ちになりながら（涙をこぼさないように顔の上のほうに力を入れて、

目のふちのところに涙をためてがんばっていただけで、実際には泣いていた）佐田君が担任の山脇《やまわき》先生を呼びに行くのを待って、しばらくして先生がやってきて、先生と佐田君と三人で一緒にそれを片づけた。

クラスのみんながなんだなんだと見に来て、「サキがこぼしたらしいぜ」って言い合っていて（苗字が三崎だから僕はサキと呼ばれている）、僕はそのとき、人生でこれほど悲しくてみじめな事態ってあるんだろうかって、絶望的な気持ちになった。

そしてなにより、ＵＮＴＩ職人ツートップである宮田君と木下君の怒りようはすごくて、ＵＮＴＩの発見にほとんど命をかけていると言ってもいい彼らに僕はめちゃくちゃ責められた。

「サキのせいでＵＮＴＩつくれなくなったじゃんかよー」

「責任とれよー」

「だいたい、これじゃ一人三口しか飲めないじゃんかよー」

「女みたいに泣くなよー、おまえがこぼしたんだろ」

オカマだオカマだ、と二人は言った。宮田君と木下君は、ちょっと前から何かあると僕のことをオカマと言ってくるのだ。そのたび僕はすごく腹が立つし、悲しくもなる。

それはともかく、いますぐ家に帰って小麦粉をいっしょうけんめい練って、ＵとＮとＴとＩのマカロニを作ってもってくるから許して、と僕はそのとき真剣に思ったけど、そんな理由で家に帰ることを先生は許してくれないだろう。

それから僕はとなりの一組と、その反対のとなりの三組に、軽くなったマルカンを山脇先生と一緒にもって行って、事情を説明して、少しずつミネストローネをわけてもらわなければいけなかった。

一緒にマルカンを運んでくれた佐田君が、僕も一緒にお願いしに行くよって言ってくれたけど、僕は、佐田君がミネストローネを一緒に片づけてくれたことと、ちっとも僕を責めなかったことで佐田君に申し訳なさと感謝をたくさん感じていたからそれは断った。佐田君はなんて優しい人なんだろう、と僕は思う。

僕と山脇先生はまず一組に行って、僕が一組の先生に事情を説明して、ABCミネストローネを少しわけてもらえませんか、と言った。

一組の先生はそれは大変だったねと言って、それからマルカン係の女の子に「わけてあげて」と言って、彼女は、僕たちの半分以下になったマルカンにおたまでいくらかABCミネストローネをすくって入れてくれた。僕は、UとNとTとIが多く入りますようにと祈りながらそれを見ていた。

何人かの男子が「なんでおれたちのぶんを二組にわけなきゃいけねーの」と言っていて、僕は肩を丸めて、背中に小石を投げつけられているような気持ちで教室を出て行った。もちろん、そんなふうに文句を言う人ばかりじゃなくて、かわいそうに、っていう目で僕を見ている女子なんかもいたけど、アワレミの目っていうのも、それはそれでこたえるものなのだ。むしろ、責められるよりもずっとこたえるかもしれない。

三組でも同じことが繰り返されて、僕は非難とアワレミの視線を受けながら、三組のマルカン係の子が僕と山脇先生が持参したマルカンにABCミネストローネをおたまですくって入れてくれるのを見ていた。そのあいだ、みんなしゃべっちゃいけないみたいな感じで、全員がじっとマルカンと僕を見ているものだから僕はどういう顔をして立っていればいいのかわからなかった。三組のみんな、ごめんね、ありがとうね。山脇先生の声だけが響いていて、さっきより、もっとみじめである。

たった数分のあいだに人生の最みじめがどんどん更新されていくという状況のつらさに、僕はその場から消えてなくなりたかった。

でもここで一組とはちょっとちがうことが起きて、それは栗田《くりた》君という男子が、静まり返った教室の中で、とても自然な感じに僕のところまで歩いてきて、僕の肩をぽんぽんと二回たたいて「ドンマイ」と言ったことだった。そのときの言い方が僕をからかうような感じではなくて、うまく言えないけど、心から、「そんなに落ち込むなよ」っていう気持ちを込めてドンマイと言っている、というふうなドンマイで、僕はそのストレートなぐさめがとても身に染みて、あやうく目にためていた涙をこぼしそうになった。

このときの三組の空気はおそろしく、もしも栗田君がドンマイと言ってくれなければその研ぎ澄まされた空気で僕は意識を失って絶命していたかもしれないのだ。栗田君は僕の命の恩人である。

栗田君は四年生のあたまに、三組に転校してきた男子である。ちょっとびっくりするくらいカッパに似た顔をしていて、三組の人たちからは「きゅうり」と呼ばれていて、お調子者で、そして人気者であるということしか僕は栗田君についての知識を持っていない。僕は彼に対して、目がぎょろっとしていてうわくちびるがとがったその顔をちょっと、いや、かなり不気味だなあとすら思っていたから、そんなふうに、いきなり自然な感じで優しい言葉をかけられて、驚いてもいた。

それから自分のクラスに帰って僕はいつもの六割くらいの量でＡＢＣミネストローネを人数分盛って、なんとかコトナキを得た。

宮田君と木下君はやっぱり文句を言っていたけど、同じ班の中村《なかむら》るみちゃんが、「ミネストローネキライだから少なくてラッキー」と言ってくれたことで、けっこう救われた。

とまあ、こんなできごとが先々週あったのだけど、こうして振り返ってみると、僕は、どんなに悲しい思いをしたかっていう話をするつもりだったのに、佐田君や山脇先生や栗田君や中村るみちゃんみたいに、優しい人とか、僕を励ましてくれる人がけっこういるんだなということに気づいてしまったから、僕のこころみは失敗に終わったということになるかもしれない。

でもだからといって、このABCミネストローネ事件を、いい経験をした、などというふうにモノワカリのいい人みたいに片づけることは、僕にはできない。

二週間もたつのに、あの、マルカンをひっくり返したときの、心臓がひっくり返るような、体が冷たくなる感じ、それから、みんなに見られながら雑巾でABCミネストローネを片づけるときの感じ、一組とか三組のみんなにあわれまれながら、ABCミネストローネをわけてもらうときの感じ、を一日に何回か思い出して、僕は冷や汗をかく。

もちろんこれだけじゃなくて、一年生のときにおねしょをしてしまったときの焦りの感じとか、二年生の運動会のリレー（当日、リレーの選手に選ばれていた江夏《えなつ》君が熱を出して欠席したので、補欠に選ばれていたたいして足が速くもない僕がキュウキョ出場することになった）で、全校生徒とそのホゴシャが見ている前で派手に転んだときのこととか、いままでに経験してきた失敗の数々とその瞬間の絶望の感じを僕は何度でも思い出して、そのたびにたまらなくなって「うわあっ」と声を上げたくなるので、これから先、僕が生きていく限り、こういうことは増え続けて、しかも、今日は忘れ物をしていないだろうか、とか、この問題を先生に当てられたらどうしようか、という、そのときどきの、ゲンザイシンコウケイのちょっとした心配ごとなんかもあるから、ちっとも心が休まらず、いつか体が爆発しちゃうんじゃないかって、心配になるのだ。

それで今日、学校帰りに、この何とも言えない不安を僕はじいちゃんに話しにいった。じいちゃんはお母さんのお父さんで、僕の家の近くの一軒家に一人で住んでいる。僕はよく遊びにいく。

じいちゃんはコタツに座ってテレビをつけたまま、クロスワードパズルをしていた。僕はＡＢＣミネストローネのことをまず話して、それから、僕のバクゼンとした不安のことを話した。じいちゃんは僕が話している最中、ずっとクロスワードパズルを解き続けていた。

僕が話し終えると、心配せんでええ、とじいちゃんは言った。

「心配せんでええ。ちゃんと体も大きくなって、パンクしたり爆発したりしないように人間はできとる」

じいちゃんはたしか出身が愛知で、関西に住んでいたこともあるとかで、僕とはちょっとちがうしゃべり方をする。

「それ、ほんとう？」

「ほんとうや」

じいちゃんのようなしゃべり方をする人は僕のまわりにはじいちゃんしかいないから、なんだか、たまに、うそみたいに聞こえるのが欠点である。でもじいちゃんは「ほんとうや」ってもう一回言った。

「悲しいとかつらいとかで、爆発することってないの？」

「ねえ」

「それがほんとうだとしたら、僕はすごくありがたい」

じいちゃんは僕の言葉になぜだか笑った。それから、「去年は何センチ伸びたんだ」と言った。身長のことである。

「六センチ」と僕は答えた。ほんとうは四センチしか伸びてなくて、がっかりしたんだけど。

「そりゃあすごいな。六センチも大きくなりゃあ、あと百回はミニストローネをこぼせる」

「ミネストローネだよ。それに、もうこぼさないよ」

「なんでもええ。とにかく心配せんでええ」

「でも身長って、たぶん百七十センチくらいになったら止まるでしょ？　止まったあとはどうするの？」

「何言っとる。そんなところで止まりゃあせんわ。人間は八メートルくらいまでは大きくなれる。じいちゃんも昔は七百六十二センチあった。でも年を取ってきたから縮んで、いまは百六十四センチ」

じいちゃんは誰でもうそだとわかるようなうそを平気で言う。僕は八メートルの人間なんて見たことがないのだ。

「でも兄ちゃんは去年、一回、爆発みたいなことになったよ」と僕は言った。

「あいつは悩むことが人よりちょっとだけ多いから、そういうこともある。でも大丈夫や。おまえや洋平《ようへい》や颯太《そうた》がずっと味方でいりゃあな。ほれ、もう暗くなるから、はよ家に帰れ」

じいちゃんが犬を追い払うようなしぐさをしたので、僕は家に帰った。

2

僕には兄が二人いて、上から順に、「兄ちゃん」「よーちゃん」と呼んでいる。

どちらも兄だから兄ちゃんなのだけど、よーちゃんが一番上の兄のことを「兄ちゃん」と呼ぶから僕もそう呼ぶようになって、区別するために僕は二番目の兄を「よーちゃん」と呼ぶ。洋平だから。

だから、ここから先、僕が「兄ちゃん」と言うときは全部いちばん上の兄のことだと思ってもらえれば助かる。

兄ちゃんは高校一年生で、家族の中でいちばん優しいと僕は思う。

今年から中学に入ったよーちゃんなんか、部活というのがはじまって、急に大人ぶって僕とろくに遊んだり話したりしてくれなくなったけど、兄ちゃんはそんなことはない。一緒にゲームをしてくれるし（よーちゃんとちがって年齢による技術の差を見せつけて僕をコテンパンにして泣かせたりしない。ちゃんと手加減してくれる）、晩ご飯だって作ってくれる。というのも、お母さんは毎日帰りが遅く、お父さんは僕の家にはいないので（颯太がお母さんのおなかの中にいるときにほかの女の人と仲良くなって出て行ったらしい）、兄ちゃんしか晩ご飯を作れる人がいないからだ。

颯太というのは僕の小二の弟である。

颯太は僕みたいに半分大人ですらない百パーセントの子どもで、身長が百二十二センチくらいしかなくて、そのうえ前歯なんか三本も抜けていて、小学校から帰ると鉄棒がなんとかかとか跳び箱がなんとかかとか、ずっとしゃべっていてうるさくて、それから六時くらいになるとつぜんに「おなかがへったおなかがへったおなかがへったよー」とさわぎながらおなかをたぬきみたいにたたく、はらぺこ踊りという踊りをするから、もっとうるさい。兄ちゃんはそれを合図にいそいそとご飯を作りはじめる。

兄ちゃんの作る料理は、肉とか野菜をフライパンに放り込んで塩コショウやしょうゆも入れてテキトウに炒めただけ、みたいな、男の料理のような感じではなくて、もっとちゃんとしたものだ。

兄ちゃんはノート型のコンピュータを使って、僕たちが喜ぶような献立を調べて、スーパーマーケットで食材の買い物もして、ちゃんとした料理を作る。

僕たちが喜ぶ献立とは、ハンバーグとか唐揚げとかトンカツである。

ハンバーグはデミグラスソースや大根おろしの和風のソースといった、お店で食べるみたいな味つけにして出してくれるし、唐揚げには、甘酸っぱくておいしいネギのタレがかかったりしているし、トンカツも、僕たちのその日の気分に合わせてふつうのトンカツソースで食べるか、おろしポン酢で食べるか、玉ねぎと一緒に卵でとじて、かつ丼にするか聞いてくれる。

それらはすべてびっくりするくらいおいしいので、僕はおいしいという感想を言う余裕もなく、いつも無言で平らげてしまう。

かつ丼などはとくに絶品だ。やわらかく煮た薄切りの玉ねぎと、ふわふわの卵と、それから衣にダシがしっかりしみたトンカツ。ロースの脂のジューシーな甘さとダシの相性がなんともいえない。

でも兄ちゃん自身はあまりそういう肉料理を食べない。自分はきゅうりとかトマトとか鶏ささみとかをちょこちょこと食べながら僕たちがご飯を無言でかきこむのを眺めて、全部食べ終わると、「おいしかった？」と聞く。三人とも、おいしかった、と答えなかったことがない。

それから兄ちゃんは手早く洗い物をはじめる。よーちゃんは部活で疲れているからか、すぐに自分の部屋に行ってしまうし、颯太はおなかがいっぱいになると急に静かになって動きもニブくなって、居間でおとなしくテレビを見はじめる。

僕は洗い物を手伝うようにしている。兄ちゃんが洗った皿を布きんできれいに拭いて、食器棚にしまうのだ。できれば颯太にも手伝わせたいところだけど、颯太は小さくてあまり役に立たないし、皿を落として割ったりしそうだから、まあいいや。

兄ちゃんは、家事をするときは、肩よりももっと長く伸ばした髪の毛を後ろでひとつに結ぶ。ポニーテールという髪型である。

洗い物が終わると、僕が学校から帰ってすぐに取り込んでおいた洗濯物を兄ちゃんと一緒にたたんで、それぞれの部屋にしまう。

それから食卓で僕は宿題をする。

兄ちゃんは僕の向かいで紅茶とかを飲みながら雑誌を読んだりする。その雑誌には、きれいな服を着たきれいな女の人がのっている。兄ちゃんは宿題でわからないところがあると教えてくれる。そのときの教え方がとてもわかりやすいし、わからなくても怒ったりしないから、何が言いたいかというと、とにかく僕は兄ちゃんがとても好きだということだ。

そんな兄ちゃんは、お母さんとはあまり仲が良くない。

兄ちゃんとお母さんは、ほとんど話をしない。それどころか可能な限り顔を合わせないようにしているくらいで、二人が一緒にいると、なんとなく空気がざらついて、家の中がへんな感じだ。

でも僕がまだ颯太よりも小さくて、保育園に通っていたころは、そんなことはなかった。

お母さんと兄ちゃんの仲が悪くなったことにはメイカクなきっかけがある。

それは、兄ちゃんが中学一年生のあるときから髪の毛を伸ばしはじめて、服も、スカートとか、女の人用のものを着るようになって、腕とか足にちょびちょび生えていた毛をそってつるつるにしたことだ。

僕はそのころ一年生だった。

僕は、兄ちゃんがとつぜんに女の人になりはじめたから最初はびっくりして、何が起こっているんだろうと思った。兄ちゃんの髪の毛が、耳をすっぽりとおおいかくして、あごにかかりそうなくらいの長さまで伸びたときに（それまでは兄ちゃんは耳が全部見えるくらい、短い髪の毛をしていた）、僕は兄ちゃんに聞いたことがある。兄ちゃん、女の人になったの？　と。

「女の人になりたいんだ」と兄ちゃんは答えた。

僕はやっぱりびっくりしたけど、でも、まあそういうこともあるのか、と思って、兄ちゃんが女の人になったことに、すぐに慣れてしまった。女の人になったとはいっても兄ちゃんは兄ちゃんだったし、外見以外に変化はなくて、優しいのも変わらなくて、僕たちの面倒をよく見てくれるのも変わらなくて（むしろ、女の人になってからもっとよく面倒を見てくれるようになったくらいだ）、つまり兄ちゃんが女の人になったことによって僕が困ることはひとつもなかったからだ。それはよーちゃんもまったく同じのようだった。

颯太にいたっては、そのころまだ自分のことを「みちゃきちょうたでつ、よんちゃいでつ」みたいなマヌケな自己紹介しかできないくらい小さかったから、物心ついたときには兄ちゃんが女の人だということは当たり前になっていたはずである。

でも家族の中で、お母さんだけは、兄ちゃんが女になろうとすることを絶対に受け入れようとしなかった。

夜中に何度か二人が食卓でコウロンしているのを盗み聞きしたことがあったけど、お母さんはちっとも兄ちゃんの話を聞かず、「お願いだからバカなことはやめて」「みっともない」「恥ずかしい」と言うばかりで、それを聞いた僕はお母さんに対して腹を立てた。

なんでそこまでカタクナに、兄ちゃんが女になることを受け入れようとしないんだろう、と、当時の僕は一年生ながらに思ったものである。いまでも変わらず思っている。

とにかく兄ちゃんはお母さんが話を聞いてくれないことでとてもふかく傷ついている

ように見えた。

実をいうと、あるとき、僕とよーちゃんは、そんなお母さんのことをひどいと思って、二人でケッタクして、「おれたちは絶対に兄ちゃんの味方でいようぜ」と同盟を結んだのだった。

同盟をもちかけてきたのはよーちゃんで、僕は正直なところをいうと、よーちゃんのことをあまり好きじゃなかったんだけど、というのも、子どものころは僕のおもちゃを奪ってきたし、ゲームで対戦するときに手加減してくれないし、いろんないじわるをしてくるし、つまり兄ちゃんみたいに優しくないからなんだけど、しかし、このことによって僕とよーちゃんのあいだにははじめてきょうだいのキズナのようなものが生まれた。

それから、颯太が「みちゃきちょうたでつ」っていうマヌケな自己紹介を卒業する程度に大きくなったころには、その同盟に颯太も入れてあげた。

でも僕たちがいくら同盟を結んでもお母さんの、兄ちゃんに対するカタクナな態度は変わらなくて（まあ、同盟の活動内容は『兄ちゃんと、それまでと変わらずにふつうに接する』というだけのことだったんだけど）、もうずっと、家の中はお母さんと兄ちゃんの冷戦状態みたいになっていた。

それでも兄ちゃんは僕たちに対してはちっとも変わらず、優しい兄ちゃんだった。でも、あるときから、僕には、兄ちゃんの体の中に、すごく暗くて、重くて、ぐるぐるうずをまく、ねばーっとしたものが見えるようになってきて、あんなものが体の中にあったら、兄ちゃんはとてもきついにちがいないと僕は思った。そしてそれは、よーちゃんや僕や颯太ではどうしようもないものだっていうのが僕にはわかった。あれの原因は、たぶん、お母さんのこともあるだろうし、学校で、お母さんみたいに、兄ちゃんの変化を受け入れない人たちから心ない視線を向けられるってこともあるだろうし、何より、兄ちゃんが、女の人になりたいのに、実際には男だっていう事実がつらいってことにあるんだろうと思った。あの暗い色のぐるぐるは、兄ちゃんの悲しみだって僕は思った。

長いあいだ、兄ちゃんの体の中にあるそれが僕には見えていた。見えているあいだ、僕はなんだか息が苦しくなるような、胸が痛くなるような感じがしてつらかった。暗いぐるぐるはだんだん大きくなって、去年、兄ちゃんが中学三年生の十月にそれが爆発した。

兄ちゃんが同じクラスの女の子に暴力をふるったらしいと聞いて（夜、お母さんと兄ちゃんが食卓で話をしているのを盗み聞きしたのだ）、僕は、それは兄ちゃんがやりたくてやったんじゃなくて、あの暗い色のぐるぐるがそうさせたんだって思った。

兄ちゃんはそれから中学卒業までのあいだ死んだ人みたいな青白い顔で生きていて、このときばかりは僕たちも兄ちゃんにどうやって接すればいいかわからなかったから、ほとんど兄ちゃんに声をかけることすらできなかったし、ちっとも言葉を交わせていない。その期間、兄ちゃんの体の中は空っぽって感じがして、僕はほんとうに心配になってしまった。

それでもその爆発から半年たって、兄ちゃんは高校に進学して、新しいカンキョウっていうのがよかったのか、ちょっとずつ回復してきて、いまではまたふつうに料理を作ってくれたりするようになってきたから、僕は、そのことについては少し安心している。最近はたまにユメちゃんていう髪の毛がとても短い女の人の友達を家に連れてきて、なんだか仲良さそうに話をしていることもあるし。

だけど、今年の夏に、どうしても忘れられないことがあった。それは夏休みに映画を見に行ったときのことだ。

クラスで流行《はや》っているアニメの映画があって、僕はそれを見に行きたかったから土曜日に颯太と一緒にお母さんに連れて行ってくれるように頼んだ。お母さんはすごく疲れた顔をしていて、なんとなく具合も悪そうで、それからイライラしているふうでもあって（お母さんは、いつも怒っているみたいな顔をしているけど、夏はとくにそうなる）、頼みながら、やっぱりやめといたほうがいいなと僕は思って、すぐにそのお願いをとりさげた。お母さんは、助かるわ、と短く言った。

それを横で聞いていた兄ちゃんが連れて行ってくれると言った。僕と颯太はとても喜んだ。

その映画が公開されている映画館は車で三十分ほどの郊外のショッピングモールの中にあった。「僕たちだけでどうやって行くの?」と僕は兄ちゃんに聞いた。兄ちゃんは高校生だからまだ車を運転できないのだ。

「バスで行くよ」

兄ちゃんの言葉に、その手があったか、と僕は思った。そしてさらに喜んだ。僕たちは小学校の遠足以外でバスに乗ったことなんかなかったから、とくべつな感じがしてうれしかったのだ。颯太なんかははりきって水筒に麦茶を入れていて、まったく子どもであると僕は思ったのだった。

支度をして、これから出かけるぞっていうときに、お母さんが言った。

「そんなかっこで出かけたらかわいそうじゃない、ズボンにしなさい」

それは兄ちゃんに向けられた言葉で、つまりそれは、女の人みたいなかっこうをしている兄ちゃんと一緒に歩くことになる僕と颯太がかわいそうだから着替えろ、という意味である。

兄ちゃんはそのとき、膝より少し長いスカートと丸いエリのついたブラウス(っていうのだろうか)を着ていた。

僕は、ひどいことを言うお母さんにカチンときた。こういう言葉が、中三のときに兄ちゃんを爆発させた暗いぐるぐるを大きくするってことを、お母さんは全然わかっていない。

　そのままでいいよ、と僕は言って兄ちゃんの腕を引っ張って外に出た。

　僕と颯太は兄ちゃんと一緒にバスに乗り、郊外の大型ショッピングモールの中にある映画館で三人並んで、ポップコーンを食べながら、オレンジジュースを飲みながら、目当ての映画を見て、その日はすごく楽しかった。これはまちがいなく今年の夏のハイライトになるにちがいないと、エンドロールを見ながら僕は思ったものである。映画の中身が楽しかったのはもちろんだけど、兄ちゃんとバスでここまで来て一緒に映画を見たこと自体が、とくべつな感じがして、その楽しさを何倍にも大きくしていた。

　エンドロールが終わって映画館を出るとすぐに颯太がやかましくしゃべりだして、それはたぶん映画の感想を思いつくことから順番に言っていたんだろうけど、ミャクラクがなくて何を言ってるのかわからなかった。そのましゃべらせておいて、昼ご飯を食べようということになった。

　僕たちはショッピングモールの中にあるファストフードのお店に行って、ハンバーガーとポテトを食べた。僕は兄ちゃんのおサイフ事情を心配したが、大丈夫と兄ちゃんは言った。バスに乗って映画を見てハンバーガーまで食べるなんて、カンペキすぎて、このあと何か悪いことが起こるのではないかと僕は不安になったくらいだ。

　そしてその不安は見事に的中した。

食べ終えて、そろそろ席を立とうかというときに、知っている顔が店にやってきた。宮田君と木下君だった。二か月後にABCミネストローネ事件で僕を非難することになる二人である。

二人はとなりのクラスの男子二人（たぶん同じ塾に通ってる仲間だ）と、計四人で連れ立って来ているみたいだった。彼らは僕を見つけるとこちらにやってきて、「サキじゃん」と言った。僕はちょっとだけ二人と言葉を交わした。

「映画を見に来たんだ」と僕は言った。

「おれらも」

と言ってから、二人は僕の向かいに座っている兄ちゃんを見てぎょっとした顔をして、それから顔を見合わせて、また僕を見て、最後に兄ちゃんをもう一度見た。じゃあ、と言ってとなりのクラスの二人と合流して向こうの席についた。席についてすぐに二人がとなりのクラスの二人に何か言った。四人はちらちらとこちらを見て、また何かを言い合って、笑った。

僕たちは店を出た。

ショッピングモールも出て、バス停まで歩くあいだ、颯太は、さっきまではあんなにうるさかったのに、一言もしゃべらなかった。それは宮田君や木下君たちに僕たちの兄ちゃんをバカにされたっていうのを、颯太が感じたからだと思う。

でも僕は、そんなの全然、これっぽっちも気にしていなかった。

これは強がっているのではなくて、ほんとうにそうなのだ。

兄ちゃんの味方同盟の初期メンバーである僕が、そんなことを気にするはずがないじゃないか。さっきの四人の態度で兄ちゃんがイヤな思いをしたんじゃないかってことは気にしたけど、僕自身は、女の人のかっこうをしている兄ちゃんをクラスメイトに見られて恥ずかしかったとか、そんなことは一ミリも思っていなかった。

だから僕は兄ちゃんに「全然気にしてないよ」って言ってもよかったんだけど、それをわざわざ言うのもへんだと思ったから、言わなかった。代わりに何かふつうの話をすればよかったんだけど、うまい話題が見つからなかったし、むりにしゃべったら何かをとりつくろうみたいな感じになってしまうんじゃないかって気がして、無言でいることしかできなかった。

帰りのバスはなぜかけっこうすいていて、うしろの、五人くらい並んで座れる席に、颯太を真ん中にして三人で座った。颯太はバスが走り出してすぐに寝ちゃって、僕は、バスに揺られながら窓の外の景色を見ていた。十分ぐらいして、ごめんねっていう兄ちゃんの声が聞こえて、僕は聞こえないふりをした。この日はこの夏のハイライトになるはずだったのに、僕は泣きそうだった。

なんで兄ちゃんが僕に謝るんだ。僕は兄ちゃんに映画館に連れてきてもらってうれしかったし、今日は楽しいことしかなかったんだから、謝られるようなことはひとつもないのだ。もしも「自分が女のかっこうをしていることで弟に恥をかかせてしまった」とでも思って、そのことを悲しんでいるならそれはまちがいで、僕は兄ちゃんに感謝はしても、恥ずかしいと思ったことはないから、お願いだから謝ったりなんかしないで。

という気持ちを順序立てて言えればいいんだけど、これは、いまだから整理してこうして言葉にできることで、このときは、僕は何も言うことができなかった。声を出そうとすると、のどがぐっと詰まった感じになって、下あごが痛くなって、涙が出てきそうになるのだ。それでむりをして何かしゃべろうとして、もしも泣いちゃったりしたら、兄ちゃんは何か勘ちがいしてもっと謝ってきたりして、それで僕はもっと泣いちゃって、ますます思っていることが言えなくなったりするだろう。

悲しいことが体にたまると爆発しちゃうんじゃないかって僕は最初に言って、ABCミネストローネ事件なんていうしょうもない事件のことを話したけど（これもたしかにつらかったんだけど）、僕がほんとうに悲しくなって、体が爆発しちゃいそうになるのは、こんなふうに、自分のことじゃなくて、自分以外の誰かの悲しいって気持ちを強く感じた瞬間だ。そしてそれは、いまのところ、ほとんどが兄ちゃんの悲しい気持ちである。

僕はこの日から、朝起きたときとか、授業中とか、お風呂に入っているときとか、ご飯を食べているときとか、夜寝る前とか、時間を選ばずに、一日に三回くらい、あのときの、兄ちゃんの「ごめんね」を思い出して、発作みたいに胸が痛くなる。胸が痛いっていうのはヒユじゃなくて、ほんとうの痛みだ。胸が何かにぎゅーっとしめつけられる。思い出すたびに、「あの日、兄ちゃんは僕たちを喜ばせるために映画館に僕と颯太を連れて行ってくれて、でも帰りのバスでは、『自分のせいで弟に恥ずかしい思いをさせた』って思って僕に謝ったってことで……」ってエンエンと考えてしまって、僕はたまらなくなる。いちばん悲しい思いをしているのは自分なのに、弟の気持ちを考えて、さらに悲しい思いをしてしまう兄ちゃんの優しさが僕は悲しい。

それで、僕が何を言いたいかというと、こんなにも優しい兄ちゃんを、家族であるお母さんが――兄ちゃんに誰よりも近い、産んだ張本人であるお母さんが――どうして理解してあげないのかって、僕はおこっている、ということだ。

このことについても、僕は前にじいちゃんと話をしたことがあった。そのときに、

「人によっては、大人になると変化に対して不寛容になる」とじいちゃんは言っていた。

「フカンヨウ？」

「自分の尺度からはみ出したようなことに対応するのがむずかしくなっちまうんや」

「シャクド？」

「ものさしっちゅうのかな」

「……ものさし?」

ものさしとは、じょうぎのことだ。僕の筆箱にも入っている。算数で使う。

「長年かけてかたくなったものさしってのはかんたんには壊せんもんや」

じいちゃんのしゃべることはたまに意味不明である。

じょうぎを壊してどうしろというのだ。だいたい、お母さんがじょうぎを使っているところなんて見たことがない。それに、じょうぎはたいていプラスチックか竹でできているから、何年たとうがかたくなったりはしない。

「お母さんはじいちゃんの娘なんだから、じいちゃんがどうにかできないの?」

と僕が言うと、じいちゃんはすぐに「ムリ」と言った。お母さんは、じいちゃんともあまり仲が良くないのだ。まったく頼りにならないじいちゃんだと僕は思う。

どうにかしてお母さんを兄ちゃんの味方同盟に引き入れることはできないものだろうか、と僕はよく考えるけど、その方法はなかなか見つからない。

3

ある日の夕方、僕は兄ちゃんと一緒に近所のスーパーマーケットで食材の買い物をしていた。僕は夏休みの映画館でのことをこれっぽっちも気にしていないし、兄ちゃんのことをまったく恥ずかしいと思っていないということを示すために、兄ちゃんが買い物に行くとき、いつもついていくようにしている。口でうまく言えないから、行動で示すしかないのだ。

そのスーパーマーケットで、栗田君に会った。

ABCミネストローネ事件で僕の肩をたたいてドンマイと励ましてくれた、カッパにとてもよく似た、きゅうりというあだ名の栗田君である。

栗田君はお母さんと一緒だった。野菜コーナーで兄ちゃんと一緒にトマトを選んでいた僕を栗田君が発見して、お、と言ったのだ。

「あ、栗田君」

おお、と栗田君は言った。栗田君と接触したのはABCミネストローネ事件以来だったが、とても自然な感じである。栗田君は兄ちゃんにも「こんにちは」と言った。そのとき栗田君は、僕の兄ちゃんが、男だけど長髪でスカートをはいている人だ、ということに気づいたはずだったが、宮田君や木下君みたいにわかりやすくぎょっとしたような顔をしなかった。

それで、このときは「じゃあね」と言ってすぐにそれぞれの買い物に戻ったんだけど、翌日、昼休みに廊下ですれちがったときに、前日スーパーで会ったたっていうのがなんとなく僕たちの距離を縮めていて、僕たちは「おす」ってあいさつをした。それから僕は、

「栗田君って、あの近くに住んでるの？」と聞いた。「うん」と栗田君は言った。そのあと、栗田君が、「えーと……名前なんだっけ」と言ったので、「三崎だよ」と僕は教えてあげた。

「ABCミネストローネのとき、ドンマイって言ってくれたの、ありがとうって言おうと思ってたんだ」

名前も知らなかったのにわざわざ励ましてくれるなんて、カッパみたいな不気味な見た目とちがって、栗田君はとてもいい人だ。

「だって三崎君、あのとき死にそうな顔してたぜ」

「うん、それくらい絶望してたんだ。ドンマイって言ってくれなかったら死ぬところだったよ」

栗田君はケラケラ笑った。カッパが笑ってるみたい。

とにかく栗田君はカッパに似ている。ちょっとジンジョウじゃないくらい。ぎょろっとした目と、とがったうわくちびると、それから平らな頭。癖のないまっすぐな髪の毛はヘンペイな頭にぴたっとはりつくようにして生えていて、その平らさを強調している。栗田君の髪の毛といったら、いつ見ても三時間くらい紅白帽をかぶり続けて汗をかいたあとの髪の毛みたいにぺっちゃんこだから不思議だ。

「三崎君がきのう一緒にいたのって、兄ちゃん？　姉ちゃん？」

「兄ちゃんだよ」

「オカマってこと？」

僕は、栗田君がすごくストレートにそう言ったので驚いた。でもなぜかイヤな感じはしなかった。兄ちゃんは兄ちゃんだけど、女の人になりたいのだ、と僕は栗田君に教えてあげた。それから、

「栗田君がきゅうりって呼ばれてるのって、やっぱりカッパに似てるから？」

と聞いてみた。前からそれが気になっていたのだ。

「うん」と栗田君は言った。「僕、半分カッパだからさ」

「半分カッパ？」

「母ちゃんが人間で、父ちゃんがカッパなんだ」

僕のじいちゃんと同じくらい、誰でもわかるようなうそを栗田君は言った。

僕の心を読み取ったのか、栗田君は、うそだと思ってるだろ、と言って、右手を、てのひらが僕に見えるようにして差し出してきた。なんだろう。てのひらを見ると、そこには水かきみたいなのがあって、僕は「わっ」と悲鳴をあげてしまった。栗田君はまたカッパみたいにケラケラ笑っていた。

栗田君の手の指と指のあいだの股の部分の薄い皮膚は異様に長くて、それはまさに水かきみたいだった。

「人間とカッパの子どもだから、人間とカッパの両方の特徴を持ってるんだ。ヒトカッパ」

「ヒトカッパ……両方の特徴……」と僕は自分の口で繰り返しながら、目からウロコが落ちる思いだった。僕が黙っていると、栗田君が、どうした？と言ってきた。

「……あのさ、つまり、栗田君はお父さんとお母さんの両方の特徴を持ってるってことだよね？」

「そうだよ。人間とカッパの子どもは僕みたいにカッパふうの人間になる。ダックスフントとシベリアンハスキーの子どもは、胴長短足のオオカミみたいなのになる。たぶん」

栗田君の教えてくれた「ヒトカッパリロン」に僕が目からウロコを何枚も落としているときに、栗田君が自分のクラスの男子に呼ばれた。きゅうりー、カッパ鬼やろうぜーって。

カッパ鬼ってなんだろう、と思っていると、「三崎君も一緒にやろう」と栗田君が言うので、僕はとなりの三組の男子に交じって、十一月の冷えるグラウンドでカッパ鬼をして遊んだ。

参加してみてわかったけど、カッパ鬼というのは、栗田君がオニ、っていうか、カッパになって、「しりこだまとるぞー」って言いながらみんなを追いかけて、つかまえた人のしりこだまを次々ととっていくという遊びである。といってもしりこだまはどこにあるかわからないから、栗田君はしりこだまの代わりにちんちんをぎゅっと握る。するとその人もカッパになって、どんどんカッパが増えていき、全員カッパになったら終わりという遊びだ。

昼休みのあいだじゅう、僕は三組の男子とその遊びをやっていた。でも気になることが一つあって、それはいつも最初のカッパが栗田君だったということだ。だから栗田君が人間として、逃げる側でその遊びに参加することはなかった。遊びに参加している誰もそのことを気にしていないみたいだったけど、僕はそれがすごく気になった。

だけど誰より栗田君がノリノリでカッパをやっていて、ヒクツな感じもまったくなくて、しりこだまとるぞーって言ってすごく楽しんでいるふうだったから、栗田君がカッパに似ていることを材料にクラスの人たちから不当な扱いを受けているってことではないんだなとわかった。

栗田君は元気で明るくて、最後のほうになると、僕も彼を自然にきゅうりって呼んでた。それくらい気さくで親しみやすい人である。

こういう言いかたはよくないかもしれないけど、もしも僕が栗田君くらいカッパに似ていて、それから、どう見ても水かきにしか見えないくらい指と指のあいだの股みたいな部分の皮膚が長かったら（目がぎょろっとしてうわくちびるがとがってて頭が平らなだけでもすごいのに、水かきまであるなんて、すごい確率だと思う）、そのことを気にしてヒクツな人間になってしまうだろう。でも栗田君は自分で「人間とカッパの子どもだ」とか言って、しりこだまとるぞー、とかも言って、カッパに似ていることを自ら楽しんでるみたいで、とにかく明るくて、すごい。この明るさを僕も見習わなければいけないなと、僕は栗田君を見ながら思った。

それはともかく、この日の僕には家に帰ったあとにスイコウすべき重大な任務があった。

それは、昼間、栗田君に教えてもらった「ヒトカッパリロン」で、頭のかたいお母さんをどうにかして兄ちゃんの味方同盟に引き入れようというものである。

その任務は夜の八時半くらい、ちょうど兄ちゃんがお風呂に入っているときに、お母さんが仕事から帰ってきたという絶好のタイミングで実行に移された。

僕はまずお母さんが夕食を食べるために食卓についた、その向かい側に座って、ごく自然な感じで宿題のためのノートを広げて、しばらく算数の計算問題を解いた。それから、それなりの年齢になってきたから僕もそろそろ気になってきてたしかめずにはいられない、みたいな調子で、「お母さん、僕のお父さんて、いまどこで何してるの？」と不意打ちで言った。

お母さんは驚いたような顔をした。僕がお父さんのことについてたずねたのは初めてだったから、それもそうだと思う。でもお母さんは動揺は見せないで、知らないわ、と言った。たぶん、ほんとうに知らないのだろうと思ったし、僕は正直に言って、記憶にないお父さんにそんなに関心はなかったから、それはべつに問題なかった。

「お父さんて、男だったんだよね？」

「そうよ」

「お母さんて女でしょ？」

……当たり前でしょ、とお母さんは投げやりな声で言った。

「人間とカッパの子どもは、カッパふうの人間になるんだよ。お母さん、知ってた？」

「初めて聞いたわ」

さっきからお母さんの目はぼうっとテレビのほうを向いている。

リモコンのスイッチを押してテレビを消すと、お母さんはやっと僕のほうを見た。目が落ちくぼんで、なんだかガイコツのように見える。

「ダックスフントとシベリアンハスキーの子どもは、胴が長くて足が短いオオカミみたいな姿で生まれてくるんだって」

「そう」

「それで、思ったんだけど、男と女の子どもだったら、体が男で心が女っていうのは、そんなにへんなことじゃないと思う」

お母さんは僕の画期的な意見に対して、

「ちゃんと宿題やりなさいよ」

それだけ言ってみそ汁を飲み干すと、席を立って食器を流しに運んだ。

「お母さん、僕、真剣に話してるんだよ。なんで兄ちゃんのことわかってあげないんだよ」

って言いながら、僕はこのときも泣きそうになってしまった。兄ちゃんのことを話そうとすると、どうしてか僕はすぐに泣きそうになる。

お母さんは、いまのあなたの言葉で十歳余分に年をとってしまったわ、みたいな非難の響きを込めた声とくたびれた顔で「あんまりお母さんを疲れさせないで」と言ってコップに水を一杯くんで飲んだ。つまり兄ちゃんの話はしたくないって意味だ。

どうしてお母さんはこうなんだろう？　お母さんが兄ちゃんのことを理解してあげようとしない限り、たぶんまたいつか兄ちゃんは暗いぐるぐるに苦しむことになってしまうのに。

僕は筆箱からプラスチック製のじょうぎを取り出して右手と左手でそれぞれの両端をもってしならせ、バカ！　って言いながらお母さんの目の前でパキンと折った。今年いちばん怒られた。

お母さんがダイニングから出て行ったのと同時に兄ちゃんがやってきた。とっくにお風呂から上がって、僕とお母さんのやりとりを聞いていたんだ、と思った。兄ちゃんは僕のとなりに座って、お母さんに敗れた僕の頭に手を置いて、ありがとうって言った。僕は、いまの僕じゃお母さんを動かすことはできないんだなと思ってすごく落胆していた。

それから半月くらいして、しばらく見ていなかった暗いぐるぐるを僕は久しぶりに見ることになった。

それはよく見なければわからないくらい小さなぐるぐるで、しかもずっと見えているわけではなくて、何かの拍子に、たとえば、開けっ放しの窓のカーテンが風が吹くたびにめくれて向こうの景色が見える、みたいな、あいまいな見え方だった。

その持ち主は兄ちゃんじゃなくて栗田君だった。

僕は、はじめて三組の男子に交じってカッパ鬼をして遊んだ日から、昼休みになるとそれに参加するのが日課になっていた。

栗田君は相変わらず、ずっと最初のカッパをやっていて、しりこだまとるぞーって元気よくみんなを追い回していて、やっぱり最初の印象と変わらず、クッタクのないふうで、カッパになってみんなを追いかけまわすことを心から楽しんでいるように、僕には、そして、たぶんみんなにも見えていた。でもある日のある瞬間、一瞬だけ栗田君の体の中に暗いぐるぐるがうずを巻いているのが見えた気がした。僕はちょっと硬直した。次の瞬間、ぐるぐるはなくなっていた。なんだ、気のせいか。

だけど毎日三組の男子に交じってカッパ鬼をしながら栗田君のことを観察しているうちに、そのぐるぐるは気のせいじゃなくて、やっぱりしっかり栗田君の中にあるんだって僕にはわかった。僕は兄ちゃん以外の人のそういうものが見えたことはこれまで一度もなかったけど、たぶん、栗田君のことはなんとなく気になって（心配で、という意味じゃなくて、あまりに明るくて楽しい人だなと思って）よく見ていたし、兄ちゃんとお母さんという、冷戦状態の二人と一緒に暮らすという環境で育ってきたからそういうのにビンカンになっていて、ほかの人が気づかないそれに気づけたんだと思う。

栗田君はカッパ鬼をしている最中、たまに左手の水かきを、右手の人差し指と親指の爪でつねるみたいにしてつまむようになっていた。指先に相当強い力を込めているのか、右手がぷるぷると震えているのを僕は見たことがある。

一週間くらい前からみんなカッパ鬼に飽きはじめて、サッカーとか、カッパ鬼以外のいろんな遊びをするようになっていたんだけど、それと同時に栗田君のあだ名はいつの間にかきゅうりからカッパになっていた。そのあだ名には栗田君をバカにするような雰囲気がまったくないとも言い切れなくて、でも、親しみを込めて、より直接的なあだ名になった、と、取れないこともない、というビミョウな感じだった。僕だけが、いつまでも栗田君をきゅうりと呼び続けていた。

栗田君はやっぱり自分の外見を生かして、カッパの鳴き声っていう一発芸みたいなのを開発してみんなを笑わせて自分自身も楽しんでいた。少なくとも表面的には楽しんでいるように見えたし、栗田君と一緒に遊んでいる子たちも、みんなそう思っていたと思う。

けど栗田君の暗いぐるぐるはどんどん大きくなって、重い粘りのある糸を引くようになっていた。

左手の水かきには、爪を強く食い込ませたへこみが目立つようになった。日を追うごとに僕は栗田君のことを見ているのがつらくなってきて、栗田君を見ていると、兄ちゃんが僕に「ごめんね」って言ったのを思い出すときみたいなぎゅーっとした胸の痛みを感じるようになってきたから、これは放っておいたらまずいと思って、最初に暗いぐるぐるが見えたときから三週間くらいたって、ようやく栗田君に言った。ムリしてない？　って。

栗田君は、まさにカッパが呆《ほう》けたみたいにきょとんとして、急に何を言ってるんだ？という顔で僕の顔を見つめてきた。僕は栗田君の左手を取った。「痛くない？」

栗田君の左手の水かきは、いまや爪の食い込んだあとがくっきりと残っているだけじゃなくて、皮膚が切れて出血さえしていた。十二月の空気は冷たく乾いていた。赤っぽいひび割れと一緒になって、ひどく痛々しかった。それは暗いぐるぐるより、もっとわかりやすいサインだった。

栗田君は、僕に持たれた自分の手に目を落として、かなり長い間をとって、「しんどかったー」と言った。「けっこう、限界だったかもしれない」

その言いかたはごく軽いもので、ヒソウカンみたいなものもまったくなくて、いつもの、明るく冗談を言うときの栗田君と同じだったけど、冗談ではなかった。

「三崎君、なんでわかったの？」と栗田君は言った。わからないようにしてたのに、っていうニュアンスが栗田君の口調にはふくまれていた。

「暗いぐるぐるが見えた」と僕は言った。

「ぐるぐる？　なに、それ」

「悲しいとか、つらいとかが、見えることがあるんだ」

といっても、僕が見えたことがあるのは兄ちゃんと栗田君だけだけど。

「……三崎君て、スピリチュアル？」とあとずさりながら栗田君は言った。

「スピリチュアルの人？」

「超能力とか、そういうの」

「ちがうと思う……」

たぶん兄ちゃんの前例があったからだと僕は思う。でもそれは栗田君には言わなかった。

それから栗田君は、前の小学校で、あまりにカッパに似ていることで、たくさんいじめられたという話を、すごく軽い口調で、むしろおもしろおかしいエピソードトークをかますときのようなケイハクと言ってもいいくらいの口調で話してくれた。あまりにカッパに似ているという理由でいじめられるってことがあるんだなあと、僕はこわくなった。と同時に、あれだけのぐるぐるを体にためながら、表面的にはそれを一切周りの人に悟らせない栗田君のことも、僕はちょっとこわいと思った。

いじめられるくらいなら、キャラクターにしたほうが楽だと思ったんだ。よく言うじゃん、コンプレックスを武器にしろって。それのおかげでみんなとすぐに仲良くはなれたけど、そのあと、あまりにも当然のようにカッパカッパって言われるようになって、ちょっとしんどくなった。引き返すタイミング、わからないしさ。モロハのツルギっていうのかな。

というときのしゃべりかたもどこか他人事みたいに軽く聞こえて、栗田君には、しゃべるときにシンコクな響きを消し去ってしまうテクニックが備わっているんだと僕は思った。そういう栗田君だからこそ、みんな、彼がムリをしているということにまったく気づかなかったのだと思う。もしかしたらそのテクニックは、今年の春にこっちに転校してきてから、彼が努力して身につけたものなのかもしれないけど。

そんな栗田君はお調子者を演じつつ、体の中でかなり大きめの、粘りのある暗いぐるぐるをためていたわけである。

そして僕は、僕がABCミネストローネを三組にわけてもらいに行ったときに、栗田君が、それまでしゃべったこともなかったのにわざわざ肩をたたいてドンマイと言ってくれたってことが、なんとなくふにおちた。イチガイには言えないと思うけど、暗いぐるぐるみたいなものを体にためちゃう人ほど、根が優しかったり繊細だったりして、あいうときに、何かしてあげずにはいられないんだろうって気がするから。

「いやー、三崎君に救われたなあ」と栗田君は温泉につかったおじさんのようなゆるみきった声で言った。この声にもわざと軽い調子を出すための演技が混じっていて、僕は、もっとすを出してくれればいいのに、って気持ちになった。

「栗田君、明日からどうするの？　いきなりキャラクター変わったら、みんなとまどうかもしれないよ」と僕は栗田君の今後が心配になって言った。

「たぶん大丈夫」と栗田君は言った。「ほんとうはカッパに似てるのコンプレックスだから、カッパカッパって言うの、やめてほしいって正直に言う。カッパ鬼もしんどいし。みんないいやつだから、ちゃんと言えば、たぶんわかってくれると思う」

その言葉を聞いていたら、なんとなく大丈夫っぽい気がしてきたので、たぶん大丈夫なのだろう。

「三崎君がいなかったら、もうちょっとで、いきなり学校に行かなくなったりしてたかもしれないぜ」と栗田君は言った。

そのぐらいですめばいいけど、と僕は思った。

栗田君の中にあったぐるぐるは、どういう方向にかまではわからないけど、もっとたいへんなことを起こしそうに見えたから。

でも、こんなふうに、風船を針でつつくみたいに、ちょっとだけ穴をあけてあげればかんたんに解消できちゃうぐるぐるもあるんだっていうのは新たな発見で、すごく勉強になった。

それからふいに栗田君が、「僕も三崎君みたいにふつうの人間みたいな顔で生まれてこれてればなあ」と言って、そのときだけ、聞いたことのない、つぶやくみたいな静かな声だったので、内容もトーンも百パーセントすの、本音の発言だと思って、僕はどきっとして、何と言っていいかわからなくなった。でもそのあとの「ありがとう三崎君」という声は栗田君らしい明るいものだったからちょっと安心した。のだけど、それも僕がどきっとしたのを見抜いてわざとフォローで付け加えたのかも、と思って、僕の心臓はちょっと落ち着きを失った。

「ＡＢＣミネストローネのときの恩返しだよ」

って僕がなんとか返答すると、栗田君はやっぱりカッパみたいにケラケラ笑った。

この日、僕は家に帰る前にじいちゃんの家に寄って、「今日僕は友達をひとり救った」って報告した。

じいちゃんは一言、「エライ」とだけ言った。

「それだけ？　ショウサイ聞いてくれないの？」

「そんなもんは聞かん。男はペラペラしゃべらんほうがかっこええって覚えとき」

じいちゃんにそう言われたので、僕は、栗田君を救った（ってほどたいしたことじゃないけど）ことは誰にもしゃべらないことに決めた。もともとじいちゃん以外の誰にしゃべるつもりもなかったんだけど。

それからじいちゃんは思い出したように、「そういや、お母ちゃんはどうや」と言った。お母さんの目の前でじょうぎを折ったらすごく怒られた、という話をしたら、じいちゃんは大笑いして、笑いすぎて軽くむせて、そのままうぇっふうぇっふって盛大にせきこみはじめた。このまま死んじゃうんじゃないかと不安になって、僕はじいちゃんの小さな背中をたたいたり、台所でコップに水をくんできたりした。

せきがようやく治まって、水を一口飲んで、じいちゃんは言った。

「その調子なら、いつかは母ちゃんもわかってくれるやろ。心配せんでええ」

じょうぎを折って怒られたっていう話で、なんでそういう結論になるのかわからなかったし、じいちゃんは何に関してもだいたい「心配せんでええ」で片づけるからあんまり信用できない。けど、今日のところはひとまずそれを信じることにした。たぶん、いつかはお母さんも兄ちゃんの味方同盟に加盟してくれるだろう。コンキョは全然ないけど。

もしかしたら、今日、栗田君を救えたことを、コンキョにしてもいいのかもしれない。栗田君の悩みを解決できたとはまったく思えないけど、一時的にでも救えたっていう手ごたえはあるから、そのことは、ちょっとした自信っていうか、これから僕が、よーちゃんや颯太と協力して、兄ちゃんとお母さんの冷戦を終結させられるかもしれないっていう展望の、明るい材料にしてもいいのかもしれない。

僕はこのままお母さんに敗れたばかりで落ち込んでいたから、こういうことがあると、立ち直るきっかけにもなる。

そろそろ帰らなきゃと思って立ち上がろうとすると、「爆発の不安のほうはどうや」と言われて、僕は急に恥ずかしくなった。

というのも、さっき僕は、栗田君の、「僕も三崎君みたいにふつうの人間みたいな顔で生まれてこれてればなあ」っていうつぶやきにどきっとさせられたばかりだったからだ。

うまく言えないけど、同級生のそのつぶやきは、すごくセツジツっていうか、これ以上ないくらいジッサイテキっていうか、なつぶやきで、一方の僕の、「僕の体は爆発しちゃうんじゃないか」は、いかにも子どもみたいなアホのようなことを言っていたんじゃないかって気がしてきて（もちろん僕なりに真剣に悩んで、セッジッではあったんだけど、栗田君に比べると、ちょっとバカのように聞こえる）、なんという恥ずかしい悩みを僕はじいちゃんに相談してたんだろうっていう気持ちになっていたからだった。

僕は、わりと、ころころと意見が変わるところがあるとジカクしている。

「えっと、爆発の心配は、大丈夫。あれはなかったたっていうことで」

「そうか。じゃあじいちゃんが新しい悩みを考えといてやらないかんな」

「ムリに考えるものでもないと思うんだけど」

悩みのない若者なんてクソくらえや、とじいちゃんは言って、いつものように犬を追い払うみたいなしぐさで僕を帰らせた。

じいちゃんの家から僕の家まで歩くあいだに「僕の体は爆発しちゃうんじゃないか」に代わる新しい悩みを考えようとしたけど、すぐには思いつかなくて、とりあえず兄ちゃんの作るご飯を食べてから考えることにした。

自家製デミグラスソースのハンバーグはおいしすぎて、僕はごちそうさまって言ってから、兄ちゃんとぽつぽつしゃべりながら洗い物をした。

解　説

藤田香織

突然ですが質問を。

あなたは自分自身を「どんな感じ」の人間だと思っているだろうか。

ちなみに私は、基本「クヨクヨ」で「ウツウツ」しがち。わりと「チマチマ」したことが好きで、「モグモグ」かつ「ダラダラ」、さらに「ゴロゴロ」している時間が多い、どちらかと言わなくてもインドア派の、明らかに陰キャだと思っている。……キャラとか自分で言うのは何だけど。「キラキラ」とか「ハキハキ」とは縁遠く、「ウェイウェイ」した人には恐怖すら抱く。とはいえ「メソメソ」はしていないし、人前に出れば「モジモジ」することもない。恐らく初対面の人や、仕事で関わりのある人には、「陰キャ」だとは思われていないはず。むしろ「明るい」人だと見られているふしがある。

でも、それは二十代も半ばを過ぎてからやっと「もう大人であるのだからして、対外的な人見知りを発動してる場合ではない」という自覚が生まれ、社交モードのスイッチを作り、加齢と共にその切り替えがスムーズになってきた、というだけのことで、本質的にはやっぱり「陰気」。ここ一週間ほどで人間相手に声を発したのは「はい」と「ありがとうございます」だけ（宅配便の受け取りですね）だし。とはいえ、自分としてはそれで別に辛《つら》くも悲しくも寂しくもないのだ。

果たしてそんな私は、明るいのか暗いのか、楽しそうなのかお気の毒なのか、「どんな感じ」なのか。

そしてあなたは。自分をどんなふうに見て、見られていると思っているのだろうか。この物語を読み終えたら、少しだけ考えてみて欲しい。

本書『放課後ひとり同盟』は、二〇一四年に第十六回ボイルドエッグズ新人賞を受賞し（『気障《きざ》でけっこうです』／角川書店→角川文庫）デビューした、小嶋陽太郎氏の八冊目の著書であり、初の短編集だ。収められている五つの物語は、「小説すばる」誌上に二〇一五年から二〇一七年にかけて不定期掲載され、二〇一八年四月に単行本として発売された。デビューから、本書以前に刊行された作品はすべて長編だったので、小嶋作品を初期から読み継いできたファンにとっては、短編は「どんな感じ」なのかな？という、楽しみもあったに違いない。まずは軽くその内容を振り返っておこう。

幕開けとなる「空に飛び蹴り」は、通学の電車内で痴漢に遭った女子高校生の林が、同級生のコタケさんとの話の流れで、高校と駅の中間地点にあるパルコの屋上でひたすら空に向かって蹴りを繰り出し続けている男に会いに行くことから起因する物語だ。五年ほど前から同じ場所で頻繁に目撃されている「蹴り男」は、近隣の中・高生の間では有名人。男に興味を抱いていたコタケさんは林をダシに接触を試み「何してるんですか？」と率直に問いかける。大人的見地からすると「触るなキケン！」と言いたくなる状況で、案の定、男からは「空から次々に降って来る不幸を世のため人のために蹴り返している（要約）」と理解し難い返答が。

しかし「君の頭の上にはとてもたくさんの不幸がある」と指摘された林は、確かに自分の周囲では不幸が続いている、と自覚するに至り、男を真似《まね》てひたすら空を蹴り始める。学校の屋上で。近所の市営住宅の屋上で。蹴って、蹴って、蹴り続ける。やがて林にも空にある不幸が見えるようになり、となれば更に無視できなくなり、毎日体力の限界まで蹴り続け、明らかに常軌を逸していく。結果的にある出来事から、憑《つ》き物が落ちるようにというか、目が覚めて正気に戻るのだけれど、その過程と背景にあった家庭の事情を並行して読ませるのだ。

続く「怒る泣く笑う女子」は、林と同じクラスのミサキが主人公。クラス替えをして三カ月が過ぎても、しゃべる相手もいない、〈私はどこに行ってもたいてい私以外と私、という構図になってしまう因果な人間〉と自称するミサキは、林にちょっかいを出しては冷たくあしらわれ続けている原田君を好きになり、唯一仲の良いユメちゃんにその思いを打ち明け、紆余《うよ》曲折の末、原田に告白する。……と書くと、王道の胸きゅん恋愛小説のようだが、ここに書いたことは何も間違っていないのに、既に読み終えた方は、違う意味で胸が痛んだのではないだろうか。

同じ学校を舞台にした連作なのかと思いきや、「吠えるな」は、主人公の小倉みさ子が林たちと同じ高校であるという記述はない。みさ子は通っている進学校では珍しい金髪ピアスの進藤くんと恋人認定間近な関係にあり、一方で〈違和感と不自然がつまった箱みたいな〉家で暮らしている。外見に反して、温和な性格で成績も良く、休み時間はひとりで翻訳ものの本を読んでいたりする、自分のことを「僕」と言う「狼《おおかみ》の皮をかぶった羊」（この絶妙な設定！）進藤くんと、絵に描いたような理想的な家族形成に勤《いそ》しむ、みさ子の母親の「化けの皮」の剝がれ方の違い、が読ませる。巧《うま》いなぁ。

個人的にいちばん印象深かったのが「ストーリーテラー」だ。「怒る泣く笑う女子」のユメちゃんこと敷島夢姫が再登場し大活躍。でも、それを大活躍として描かないところがすごく良い。要約すれば「小学生の頃に好きだった女子の面影を、今も追い続けている大学生の話」であるのに、これもまたそこから思い浮かべてしまうストーリーに、かすりもしない方向へ進んでいく。いや、主人公の相田がやっていることには、薄々勘付く人もいるだろう。

でも、そのあとの展開はどうか。敷島＝ユメちゃんは、どこまで「わかって」いたのか。相田はどこで自分の気持ちを切り替えたのか。そして何よりも転校していく吉成さんが、「ありがとう」のひと言さえ口に出せず震える相田少年に「ひらがなが、とくに上手だと思う」と声をかける場面。その直前、相田が自分を取り囲むクラスメイトたちの様子を気取る描写も圧巻で、初めて読んだとき私はこのページにグリグリ蛍光ペンでラインを引きまくり、堪《こら》えきれずちょっと泣いた。大袈裟《おおげさ》でなく、相田はこのひと言で、今の歳《とし》まで生きて来られたのだと思う。

最終話の「僕とじょうぎとぐるぐると」も、マーカーで真っ赤になるページが多かった。時系列としては「怒る泣く笑う女子」の前年で、自分の体はいつか爆発しちゃうのではないかという悩みを抱えた小学四年生のサキが語り手。三崎家「三兄弟」の真ん中の少年だ。大好きな優しい兄ちゃんの「ごめんね」。カッパに似ている栗田くんの「しんどかったー」。見えてしまう「ぐるぐる」。サキの悩みは尽きない。

乱暴な言い方になるけれど、若いときの苦悩は「世界が狭い」ことが要因になっているケースが多い。本書の主人公たちもまた然《しか》りだ。ところが、ちょっと動いて視点を変えてみると見えるものが違ってくる。この短編集を貫いているのは、そのきっかけと気付きの瞬間だ。逃れられない関係性があって、その距離感が遠くなり、ぐっと近くなり、緊張感が生まれて、解けていく。揺れて足搔《あが》いて、見えるものが変わるその時だ。

と同時に、読者もまた気付く。例えば、本書を初めて読んだとき、私は原田をガサツで騒々しい陽キャな男だと思った。失恋を励ましてくれる同級生の三原美子に対して、内心〈おまえみたいな内も外も不細工な女と波長が合うわけねーだろ〉と切り捨てるみさ子を、ちょっと傲慢だなと、でも確かに三原さんうざいわー、とも思った。紙にびっちりと隙間なくひらがなを書き続ける相田を、正直、気持ち悪っ、とも思っていたし、三崎家の母親の態度には大いにムカつきもした。

でも、読み終えたときには、そんな一面的な見方しかできなかった自分に、あぁまたやってしまった！　と、地団太を踏みたくなった。小説というフィクションの世界でも、リアルな現実社会でも、すべて自分が思ったとおりの人なんて、どこにもいないのだと、もう何度も小嶋陽太郎の小説から学んだというのに。

そして最後にひとつ。ここまで読んでいただいて言い出すのは申し訳ないのだけれど、私は自分の原稿を読み返して、実は「適当なことを言ってるなぁ」という「感じ」を抱いている。恋愛小説の王道ってなんだ？　理想的な家族ってどんなだ？　どこまでが正気でどこからが狂気かなんて、誰が決めたんだ？　突き詰めれば分からないことを、さも分かっているように書いている。もちろん、それは別に珍しくないし、分かったようなことを言わなければ話が進まないことぐらい、きっとみんな「分かっている」。

でも、だけど。

小嶋陽太郎はそれをしない。小説のなかで、分かったようなことを書かない。善悪や正誤を断じたりしない。差別をしてはいけませんとか、家族は仲良くあれとか、友情って最高だぜ、なんてことは断言しない。そうではなく、原田に「好きな人がいるからさ」と言わせ、相田の担任に「誰にだっていいところはあるのよ」と言わせ、鍵を手にしたユメちゃんの手を滑らせたりする。登場人物たちの、記されてはいない気持ちを想像させ、感じさせる。小嶋陽太郎の小説にはいつも、文字にはなっていない、言葉には出していないものが描かれているのだ。

私はその「感じ」がとても好きだ。

人生に「正解」なんてないけれど、自分を好きでいられる、好きな自分で生きるために大切なことを、本書からどうかたっぷりと感じて欲しい。

（ふじた・かをり　書評家）

本書は、二〇一八年四月、集英社より刊行されました。

初出「小説すばる」
「空に飛び蹴り」　二〇一五年七月号
「怒る泣く笑う女子」　二〇一六年十一月号
「吠えるな」　二〇一六年七月号
「ストーリーテラー」　二〇一七年四月号
「僕とじょうぎとぐるぐると」　二〇一七年七月号

本文デザイン／アルビレオ
本文イラスト／新井陽次郎

集英社文庫

放課後《ほうかご》ひとり同盟《どうめい》

2021年3月25日　第1刷　　定価はカバーに表示してあります。

著　者　小嶋陽太郎《こじまようたろう》
発行者　徳永　真
発行所　株式会社　集英社
東京都千代田区一ツ橋2-5-10　〒101-8050
電話　【編集部】03-3230-6095
【読者係】03-3230-6080
【販売部】03-3230-6393(書店専用)
印　刷　凸版印刷株式会社
製　本　加藤製本株式会社

フォーマットデザイン　アリヤマデザインストア　　マークデザイン　居山浩二

ISBN978-4-08-744221-2 C0193